KB254188

판전의 글씨

판전板殿의 글씨

2006년 3월 2일 초판 1쇄 인쇄
2006년 3월 14일 초판 1쇄 발행

지은이 | 송하춘
펴낸이 | 孫貞順
펴낸곳 | 도서출판 작가
　　　　서울 서대문구 북아현3동 180-22 (우120-193)
　　　　전화 | 365-8111~2　팩스 | 365-8110
　　　　이메일 | morebook@morebook.co.kr
　　　　홈페이지 | www.morebook.co.kr
　　　　등록번호 | 제13-630호(2000. 2. 9.)

편집 | 김이하 김민정
디자인 | 오경은 박현경
영업 | 남종역 설동근

ISBN 89-89251-47-8

＊잘못된 책은 구입하신 서점에서 바꾸어 드립니다.
＊지은이와의 협의 하에 인지를 붙이지 않습니다.

값 8,500원

관전의 글씨

송하춘 산문집

작가

■ 시작에 앞서

이 책은 나의 첫 산문집이다.

원래는 제5창작집을 내겠다고 써낸 단편들을 손질하던 참인데, 이건 너무 습관적이라는 생각이 들어 잠시 산문을 떠올렸다. 들깨 꽃만 피우던 자리에 한번쯤 참깨 모종을 내보는 것도 딴은 농사꾼 할 일이 아니겠는가 싶다.

글은 담백하고 조촐한 것들로만 모았다.

글보다는 책이 더 예쁘고 싶은 평소 내 산문집에 대한 기대를 이 책에 걸어 본다. 픽션 아닌 글로 처음 독자들 앞에 서는 마음이 흡사 무반주로 솔로를 부르는 기분이다. 육성으로 지르는 소리지만 내 목소리를 내 귀로 들을 수 있어 기분 좋다.

2006. 2. 25

저자

차례

아름다운 약속

가끔씩은 결혼식 주례도 선다. 주례사는 미리 써 갖고 가서 읽는 쪽이다. 주례는 그날 신랑 신부의 부부되는 의식을 주관하는 사람이어야 한다는데, 가서 무슨 말을 할까 말을 만들다 보면 나는 나도 모르는 새에 자랑스러운 신랑 신부가 되어 그 편에 마음이 가 있는 것을 발견하고는 한다. 그리고는 여러 하객들 앞에 어떤 부부된 심정을 선언하고 싶어 하는 것이다.

오늘 저희는 곡식의 씨앗처럼 작은 사랑의 불씨를 하나 가지고 부부라는 인생을 출발합니다. 사랑의 불씨는 아직 작아 보이지만, 저희 부부가 함께 키워야 할 소중한 태양입니다. 인생의 길은 부부가 함께 손잡고 가야 할 길입니다. 부부가 함께 손잡을 때 그 길은 순탄하며, 손을 놓아 버리면 그 인생은 곧 험난해집니다. 어려운 일이 닥칠 때마다 저희 부부는 더욱 더 단단하게 사랑의 손길을 잡습니다. 한 알의 씨앗은 농부의 지극 정성에 힘입어 싹이 트고, 잎사귀가 돋고, 꽃이 피고, 열매를 맺습니다. 작은 씨앗 하나가 됫곡식으로 불어나고, 말곡식으로 불어나고, 섬곡식으로 불어났다가는 마침내 수천 수백만 지기 부자가 되듯이, 저희 부부는 함께 손잡고 부지런히 사랑의 불씨를 부채질하여 마침내는 훨훨 타오르는 태양으로 커져 세상에 빛나겠습니다. 부부의 사랑은 자손을 낳아 조상의 대를 잇고, 가족을 길러 화목한 가정을 이룹니다. 자녀를 가져 조상의 대를 잇는 일은 역사의 대열에 함께 서는 일이요, 대를 이어 화목한 가정을 이루는 일은 건강한 사회를 가꾸는 보람입니다. 저희는 오늘 우리 역사와 사회의 새로운 창조자임을 선언합니다. 부부의 인연은 하늘이 맺어 준 천지 운수 조화입니다.

세상천지 삼라만상 가운데 하늘은 어찌 그대와 나를 부부로 점지해 주셨을까, 그 신비로운 인연 앞에 늘 감사할 것이며, 우리 부부 평생을 함께 손잡고, 하늘의 뜻이 결코 우연이 아니었음을 사랑으로 실천하여 보여드리겠습니다.

읽다 보면 나는 어느새 혼자서 달리기를 하고 있는 외로운 마라토너가 되어 있었다. 하객들은 아무도 내 말에 귀 기울이는 것 같지 않았으며, 바로 코앞에서는 지금 자신들의 주례가 얼마나 긴장하며 떨고 있는지를 말똥말똥한 눈망울로 지켜보고 서 있었다. 신랑 신부보다도, 하객들보다도, 결혼식장에서는 왜 주례 혼자서 그토록 긴장을 해야 하는 건지, 주례는 주례를 서는 그 짧은 순간이나마 그렇게 세상에서 가장 아름다운 부부를 꿈꿔 보는 것이다.

삼십 년 전 내 결혼식 주례도 우리 은사님께서 서주셨다. 그때 선생께서도 당신의 주례사는 미리 써 갖고 와서 읽어 주셨다.

부부여 사랑스러운 한 쌍의 원앙 부부여 비둘기같이 화목하여라 학과 같이 맑고 조히 살아라. 사람들이 봉황을 그리는 것은 남간의 씨를 골라 먹이를 하고 오동나무 그늘이 아니면 깃들지 않기 때문이다.

주례의 말씀은 딱 한 마디였다. 그리고 더 무슨 말씀을 하실까 고개를 들어봤을 때, 선생님은 어느새 읽어 주신 메모지를 봉투 안에 넣으며, 주고 갈 테니 잘 간직했다가 두고두고 열어 보라 말씀하고 계셨다. 지금 그것은 내 아내가 잘 간직하고 산다. 그때 우리 선생님이 그러셨던 것처럼, 요즘 나도 내 주례사는 그날 신랑 신부에게 건네주고 오는데, 그뿐 내 주례사도 지금 잘 있을까.

천자문

천자문千字文 한 권을 제대로 못다 외운 나는 그래서 재주가 메주다.

책에서 읽은 우리나라 옛 선비들은 웬일인지 다섯 살 때만 되면 하나같이 천자문을 떼었고, 그래서 흡사 아이큐 테스트 북 같이만 느껴지던 이 천자문을 나도 다섯 살 때부터 읽기를 시작은 했었다.

할아버지한테서였다. 매일 아침 아버지는 일찍부터 우리 형들을 깨워 가지고, 그 때 큰집에 사시는 할아버지한테 데리고 가서 아침 문안 겸 한문을 읽혔는데, 나도 그 속에 끼었었다. 내, 책과의 인연은 그렇게 시작되었다.

그 때, 우리 집은 할아버지가 살고 계신 큰집과는 길 하나를 사이에 두고 앞뒷집으로 떨어져 있었다. 그래도 두 집이 각각 남향 대문을 내

다보니, 앞집인 우리 집에서 뒷집인 할아버지한테까지 가려면 곧바로 가지를 못하고, 크게 반원을 그리며 돌아갈 수밖에 없었는데, 그 길가에는 채전 밭도 있고, 새벽 아줌마들이 샘물을 길어 나르는 우물도 있고, 그랬다.

겨울이면 아버지가 우리들 새벽잠을 깨워 가지고 눈길을 쓸면서 그 길을 앞장서 가시곤 하던 모습이 마치 먼 조선시대나 살던 사람이듯 눈앞에 선하다. 덕분에 나는 천자문千字文 말고도 계몽편啓蒙篇, 사자소학四字小學, 소학小學 초입까지 읽었는데, 국민학교 6학년 때 그만 할아버지께서 돌아가시는 바람에 내 한자 공부는 여기서 끝이 났다. 그리고 당연하다는 듯 지금은 그것들을 모두 까먹었다.

훗날, 나는 서울로 대학을 갔고, 우리 집은 시골집을 떠나 전주全州로 이사를 갔다. 그리고 훨씬 더 훗날 나는 아주 행복하게도 아버지가 살고 계신 전주로 첫 직장을 구해 가는 행운을 얻었다. 나는 아버지 댁

근처에 살림을 차렸다. 그리고 내 첫 아이가 다섯 살이 되었다. 그때 나는 내 다섯 살 적 기억을 되살려 다시 우리 아버지의 흉내를 내보는 것이다.

우선, 옛날 한석봉 '천자문'을 한 권 구해다가 복사를 하고, 그것을 제본소에 갖고 가서 책으로 묶었다. 그리고는 다섯 살박이 내 아이를 이끌고 아침이면 아버지한테 먼저 가는 것이다. 녀석한테는 할아버지 이시다. 할아버지의 가르침은 매우 태만하셨다. 아비의 욕심 같아서는 하루아침에 적어도 한두 장 정도씩은 진도를 쭉쭉 나가 주었으면 좋겠는데, 할아버지는 겨우 하늘 천天 따 지地만 가르치고는 그 어린 손자 녀석하고 마냥 놀고 싶어 하는 것이다. 그러니, 손자 녀석의 태만이란 말해 무엇 하겠는가. 매일 아침 할아버지한테 가서 한다는 짓이 까불고, 버릇없고, 응석 부리고, 그러기를 삼 년이 지나도록 녀석은 천자문 한 권을 다 못 떼고 그만 이 아비의 직장을 따라 서울로 올라오고 만

것이다.

　녀석한테는 벌써 십 년이 지난 일이고, 나한테는 벌써 사십 년이 넘는 먼 옛날 일이 되고 말았지만, 그래도 우리 부자가 대를 두고 잊지 못하는 것 중의 하나는 할아버지한테 천자문을 배우던 일, 바로 그것이다.

　천자문을 모르기는, 녀석이나 나나 매일반이지만, 그래도 세상에 태어나서 맨 처음 인연을 맺은 책이 천자문 그것일진대, 내 어찌 그 천자문으로 비롯된 할아버지를 잊을 것이며, 녀석 또한 녀석의 할아버지를 어찌 잊을 수 있단 말인가.

　장차 내 임종의 머리맡에 무슨 한 권의 책이나마 놓이게 될지 모르지만, 그나마 세상에 태어나 가장 먼저 인연 맺은 책을 기억할 수 있다는 건 다행스런 일이 아닐 수 없다.

　그 천자문과 처음 독서의 인연을 맺었고, 그 천자문을 배우면서 내

학문하는 습관을 길렀고, 그리고 그 천자문은 내 만성적 무지를 일깨우는 영원한 채찍이었다.

지금은 하물며 내 아이가 천자문을 탓하며 자신의 할아버지를 회억할진대, 내 설령 천자문 한 권을 못다 외우기로서니 그것이 뭐 그리 흉될 게 있을까.

그리고 먼 훗날 나는 어느 천자문서書에 발간사를 지어 붙이는 일을 맡게 된다. 지금은 '빠떼루 아저씨'로 더 잘 알려진 체육인 김영준 교수가 우리 아버지로 하여금 평생에 천자문서書를 한 권 남기도록 일을 꾸미겠다는 것이다. 이에 지필묵紙筆墨은 물론 화선지 정간井間까지 손수 그어 아버지를 충동하였는데, 그 성의에 감동했던지 아버지는 그때가 팔십 노령이시고 오뉴월 염천인데도 그 역사役事를 덥석 떠안으셨다. 그리하여 천 자나 되는 글씨를 중간에 먹 색깔이나 서체가 달라

지는 일이 없도록 오로지 앉은 자리에서 한 달음으로 노작勞作을 이뤄
낸 것이다. 이름 하여 '강암천자문서剛菴千字文書'라 하는데, 그 발간사
를 내가 초草하였다.

발간사發刊辭

천자문千字文은 백서百書의 기본이다. 말과 생각의 빌미가 그 안에
담겨 있고, 글과 표현의 발상이 모두 이 책에서 우러난다. 양梁나라 주
흥사周興嗣가 처음 기틀을 마련했다고 전한다. 밤을 새워 백수白首를
이루었다 하니, 옛 선인들의 지혜 앞에 머리 숙인다.

천자문千字文은 다만 천千의 문자文字로만 세상에 귀함이 아니라, 역
대의 명필名筆과 함께 그 빛을 더한다. 왕희지王羲之의 천자문이 그런
가 하면, 종요鐘繇의 천자문이 그러하고, 우리나라에서는 석봉石峯 한
호韓濩가 또한 문文에 서書의 도道를 더하였다. 지혜의 원천인 천자문

이 오래 서도書道의 전범典範으로 함께 전승傳承되는 이유가 여기 있다.

이에 강암천자문서剛菴千字文書를 새로 엮는다. 오늘, 강암剛菴 노사老師의 필필을 받들어 새로 고금古今을 잇고자 함에, 이 천자문과 함께 한국 서예사書藝史가 새로 빛날 것을 믿는다. 요컨대, 이 천자문은 옛날 주흥사周興嗣가 짓고, 오늘 강암剛菴 송성용宋成鏞 노야老爺께서 휘필揮筆하시었다.

세상은 말한다. 오늘 노야老爺의 서書가 예藝와 도道를 극하였거니와, 그 법法이 또한 고체古體의 맥을 이어 천자문에 가 닿음이라. 춘추春秋 칠십팔七十八에 필필을 휘揮하시니, 당년 팔십수八十壽를 기리어 이 책을 엮는다. 종이를 이어 붙이지 않고 천千 자字를 한 장에 통하였거니와, 그 천 자를 또한 한 호흡에 이으심이 경이롭다. 글로써 근본을 열고, 필로써 서법을 전코자 함이 노사老師의 평생이거니와, 그 뜻이

일지전장—紙全張에 일필휘지—筆揮之의 초유初有를 이루심이다.

내 선대先代가 나를 천자의 글로 일깨웠거니와, 나 또한 이 천자문 千字文으로 내 후대後代를 열고 싶더니, 오늘 꿈을 이루어 기쁘다.

판전板殿의 글씨

서울의 봉은사奉恩寺라는 절에 가면 본당 대웅전과는 별도로 그 옆에 조그마한 불당이 한 채 있는데, 그 액호額號로 '板殿'이라는 글씨가 유명하다. 그 아래 '七十一果病中作'이라 쓰고 낙관을 하였는데, 그 '七十一果'의 주인이 바로 추사秋史 김정희金正喜라고 전한다. 과천에 사는 71세 노인이 병중에 썼다는 말이다.

추사는 말년에 북경에서 돌아오자, 과천에 있는 자신의 '과지초당瓜地草堂'과 뚝섬의 봉은사를 내왕하면서 주로 서화를 즐기고 후학을 길렀다. 이로 보면 병중이라는 말이 더욱 쓸쓸하게 느껴지거니와 특히 그 71세가 바로 그의 돌아가던 해라는 걸 알 때 그 휘필이 더욱 귀하게

만 여겨진다.

　나는 다행히 봉은사 가까이 살아서 그 절을 자주 산책하고, 또 판전의 글씨도 자주 대하게 되는데, 그 때마다 받는 느낌은 참 희한하다.

　옛 서화書畫를 대할 때는 누구나 이 글씨 참 잘 썼다, 혹은 못 썼다로 평가를 내리는 버릇이 우리에게는 있다. 그리고 잘 썼다면, 그것은 보기에 아름답다거나, 아니면 재치가 넘쳐보인다거나 거기에 뭔가 이유를 대고 싶어 한다. 그런데 그 '板殿' 앞에 서면 나는 도대체 내 판단을 내가 못 믿겠다.

　뭐랄까, 굳이 표현을 하자면 서툴다고나 해야 할지. 거기 만일 '칠십일과七十一果'라는 말이 적혀 있지만 않다면, 설마 일곱 살짜리가 썼다 한들 누가 그것을 의심하겠는가. 삐뚤삐뚤, 망설망설, 적어도 내 보기엔 그러하다. 그런데 곰곰이 들여다보면 그 '삐뚤삐뚤' '망설망설'이 그냥 서툴다고 지나쳐 버리기엔 너무 재미가 있다. 내가 내 판단에 당혹스럽다고 말하는 건 바로 그 때문이다.

추사秋史가 너무 좋아서 평생 추사의 묵적墨跡만 찾아 헤맨 이가 있었다. 어지간히 욕심을 챙기던 끝에 판전板殿의 액호額號를 만났던가 본데, 그 품品을 대하고는 이제 추사의 글씨는 더 볼 것이 없다, 하고 만족했다는 일화가 있다. 그렇게 보면 또 그럴 것도 같다는 생각이 든다.

흔히 세상은 말한다. 아직 서툰 것은 나쁜 것, 익은 것은 좋은 것, 그것은 다시 이런 말과도 통한다. 일곱 살짜리가 일흔 살처럼 쓰면 익은 것, 일흔 살 노인이 일곱 살 어린애처럼 쓰면 서툰 것. 과연 그럴까? 졸拙은 곧 교巧라는 말을 나는 여기서 실감한다. 졸은 많이 모자람을 의미한다. 그래서 그것은 서툴다. 그러나 교는 이미 이뤄진 것을 의미한다. 그래서 그것은 익숙하다. 세상이 졸렬함을 극복하고 교묘함을 달성하고자 함은 바로 그 때문이다.

세상은 말할 것도 없거니와 특히 예술의 경지에 있어서도 졸의 졸렬함을 이기고 교의 교묘함을 이룬 업적은 많다. 그러나 판전板殿의 글씨는 얼핏 보기에 졸렬하기 짝이 없는 것 같지만, 그 졸拙이 다시 교巧를 이긴 형국이니, 내 처음부터 희한하다는 말이 바로 그 말인 것이다.

추사는 어쩌면 일흔 살의 교를 다시 일곱 살의 졸로 이길 수 있는 묘를 터득한 것인지도 모른다. 졸이 교를 이루었다가 다시 그 교가 졸의 경지를 이룰 때, 그거야말로 졸로써 졸을 이긴 참 예술 아니겠는가.

판전板殿의 글씨는 이런 생각을 가능케 한다. 세상은 일곱 살짜리가 일흔 살 노인처럼 사는 게 아니라, 일흔 살 노인이 일곱 살 어린애처럼 사는 것이라고.

찬물 한 사발의 신화

옛날하고도 아주 옛적, 깊은 산속에 오막살이 집 한 채가 있었는데, 몰래 가만히 가서 들여다보니 그 안에 허연 늙은이 하나가 어쩌고저쩌고 했다는 옛날이야기는, 언제 누구한테 들었는지조차 기억할 수 없을 만큼 먼 호랑이 담배 먹던 시절 이야기이지만, 그러나 애석하게도 나는 지금 그 뒷토막을 모른다. 나중에 호랑이가 와서 그 늙은이를 잡아 먹었는지, 아니면 지금도 살아서 엉뚱하게 여우 꼬랑지를 달고 다니는지, 도대체 그 종맥終脈을 알아야 나도 누구에겐가 그 이야기를 들려줄 수가 있을 텐데, 이러다가는 결국 그런 옛날이야기마저도 21세기 과학 문명 속에 파묻혀, 영영 자취를 감추고 마는 거나 아닌지 모르겠다.

어제 오늘 이야기는 아니다. 삼십 년 전쯤, 그해도 막바지로 치닫던

어느 겨울날, 학생들과 함께 전라북도 완주군 고산 지방 어느 산골로
언어 민속 조사를 나간 적이 있었다. 대개는 떠나기 전에 그 동네에서
입담깨나 짱짱한 노인네를 미리 물색해 놓고 가는 법인데, 그날은 어
물어물하다 그냥 밤 마실 나가듯이 찾아 나섰더니 그만 갈 데 없는 하
룻밤 나그네 신세가 되고 말았다.

　겨울이요, 밤이요, 산골이라 달빛은 그지없이 교교하기만 한데, 이
따금씩 컹컹대는 견공犬公 외에는 누구 하나 말을 붙여 볼 수도 없이
고적한 한촌閑村이었다. 어떻게 할까, 동구 밖에 서서 망설이던 우리는
마구잡이로 불빛이 환하게 비치는 어느 오막살이집을 찾아 들어갔다.
마당 가득히 서러운 달빛조차 고여 텅 빈 집안은 더욱 쓸쓸해 보였다.

　"계십니까?"

　우리는 헛기침을 해대며 처마 밑 토방 근처까지 갔다. 그래도 안에
서는 아무런 기척이 없었고, 그래서 우리는 발길을 되돌려 나와야 했

는데, 바로 그때였다.

"뉘쇼?"

하고 가래 섞인 영감님 목소리로 안방 문이 열리는 것이다. 할아버지는 너무 늙고 쇠잔한 모습이었다. 우리는 잠시 문턱 너머로 몇 마디 대화를 주고받아야 했다.

"혼자세요? 할아버지."

"아니지. 식구들이 있어."

"다들 어디 가셨나요?"

"서울에도 살고, 전주서도 살고, 또 군대도 가고."

"결국 혼자시네요?"

"할망구가 있으니께."

"할머니는 어디 가셨나요?"

"며느리 해복간解腹看하러 전주 나갔지."

"그래서 오늘밤은, 할아버지 혼자 주무시나요?"

"그래야지."

"무섭지 않으세요?"

"무섭기는? 내가 무슨 죄졌나?"

사람이 늙으면 저렇게 편안해질 수도 있는 것일까? 우리는 너무 숙
연했으므로 각자 보러간 일도 볼 수가 없었다. 그래서 어름어름 물러
서 나오려는데, 누군가 또 쓸데없는 말을 걸어본다.

"할아버지?"

"왜?"

"부처님 같으세요."

"내가, 왜?"

"너무 편안해 보여서요."

"편안해 뵈기는. 늘 걱정이지."

"왜요, 할아버지?"

"자식들이 말짱들 흩어져 사는데, 왜 안 그렇겠어?"

할아버지는 천천히 문턱을 넘어, 달빛이 하얗게 깔린 마당으로 내려서신다. 인사하며 뒤돌아서는데, 토방 한쪽 구석으로 하얀 사기 그릇 하나가 눈에 들어온다. 서너 개의 조약돌 위에 새하얀 찬물 사발을 괴어놓고, 사발 속에는 덩그렇게 남은 달빛조차 가라앉아 있었다. 마주와 서는 뒷짐 진 할아버지와 함께 우리는 떠날 줄을 모르는데,

"…… 쓸 데 없는 짓인 줄 알지만 …… 자식들이 말짱들 흩어져들 사니께……."

할아버지가 말씀하신다. 해도 그만 안 해도 그만이지만, 부모 된 마음으로 그래 본다는 뜻이리라. 노인네 당신 한 몸이야 외롭거나 말거나, 집 나간 아들딸네만 걱정이 되어, 그날 밤은 할머니마저 며느리한테 딸려 보내고, 또 무엇이 못 잊혀 한 그릇 정화수로 혼자 이 밤을 지

켜야 하는 것일까.

어쩌면 그 할아버지가 바로 옛날하고도 아주 옛적 깊은 산속 오막살이집에 살았다던 그 머리가 허연 늙은이 이야기의 잃어버린 뒤 토막이나 아닌지. 21세기를 사는 우리들 허전한 가슴속에도 옛날 옛적 그 할머니 이야기가 살아 있는 한, 세상은 할아버지의 그 소망 같은 정성으로 살고 싶어지는 것을.

도스토예프스키 집의 시절

'나도 한때는 문학 지망생이었지.' 이런 자화상을 그리고 싶었다. 그러나 돌아다보면 모두가 유치한 기억들 뿐, 좀처럼 아름다운 자화상이 되어 나올 것 같지는 않다. 세월도 오래 되면 헌 구두처럼 낡아 뵈는 것일까.

내 젊은 날의 앨범 속에는 문예반이라는 것이 들어 있다. 그리고 그 문예반을 떠올릴 때 나는 과거 유치했던 내가 보여서 부끄럽다. '시 낭송회'라는 이름을 빙자한 시내 유명 여학교 문예반 학생들과의 수줍은 만남이 유치하고, 하얗게 햇빛 부서지던 토요일 오후 같은 때, 교회의 뜨락에 펼쳐지던 그 죽음과 낭만의 언어들이 부끄럽다. 누가 무슨 시를 읽었는지 그런 기억조차 남아 있지 않다. 다만 내 곁에 하얀 교복의 여학생이 앉아 있었고, 그 앞에 멋있어 보이려고 무제한 긴장하던 내가 보일 뿐이다. 그 짧은 시구를 엮느라고 주말이면 하얗게 날 밤을 새고는 했던 것도 잊을 수 없는 추억 가운데 하나이다. 그 때마다 내가 무슨 엄청난 대학 입시 준비나 하는 줄 알고 어머니는 어린 자식의 그 밤샘을 대견해 하셨다. 젊음이란 어차피 보이지 않는 데서만 몰래 영그는 벼이삭 같은 것이던가. 한 사람의 귀중한 생애가 이런 식으로 유치하게 열려야 한다는 걸 생각하면 혼자서 멋쩍기도 하다.

여름방학이 되어 서울로 유학 갔던 문예반 선배들이 줄줄이 고향으로 내려오면, 우리네 작은 도시에서도 어김없이 문학의 밤이 열리곤 했다. 그 시절 '광웅이 형'은 우리들의 우상이었다. 나보다 4년 선배였으니까, 내가 중학생일 때 형은 고등학생이었고, 내가 고등학생일 때 형은 대학생이었다. 그는 시를 썼다. 중학교 때 '들길'이란 시를 써서 우리들의 부러움을 사더니, 고등학교 때는 '연못'이란 시를 써서 우리 앞에 천재성을 과시하였다. 그가 인생의 비애 같은 걸 논할 때 그의 문학은 더욱 멋있게만 보였다. 그는 언제나 내 앞의 보일락말락한 거리에 서 있는 나의 선망이었다. 광웅이 형이 살던 집을 우리는 '도스토예프스키의 집'이라고 불렀다. 그곳은 교장 선생님 관사처럼 생긴 일본식 '오까베' 집이었다. 집이 너무 헐어서 한 쪽 귀퉁이는 무너져 내렸고, 빗물이 새어 벽이란 벽은 모조리 낡은 추상화 아닌 것이 없었다. 지금 생각해 보면 그것도 그 형의 부모들이 전세를 들어 살던 셋집이었던가 본데, 그때 나는 이 세상에 그보다 더 멋있는 집이 없는 줄 알았다. 학교가 파하기만 하면 우리는 '도스토예프스키의 집'으로 달려갔다. 그리고는 정말이지 우리들 모두 그 안에서 도스토예프스키가 되기라도 한 것처럼 떠들어댔다.

세월이 많이도 흐른 지금, 그러나 우리들의 우상이던 광웅이 형은 죽어서 세상에 없다. 내가 서울로 올라와 일자리를 구하고 나이를 먹어 가는 동안, 형은 시골에 남아 옛 문예반 시절처럼 시 낭송회나 열고 문학의 밤이나 즐기고 그러더니 그만 늙기도 전에 몹쓸 병이 들고 말았다. 자유화, 민주화 운동을 하다가 감옥에 끌려갔고, 감옥에 다녀왔으니까 교단에 설 수 없었고, 교단에 설 수 없으니까 그 응어리가 맺혀 위암으로 악화되었다.

살아남은 도스토예프스키의 후예들은 멀리서 그의 죽음을 애도하였다. 누구는 판사가 되어 멀리 보이지 않는 곳에 서 있었고, 누구는 정치가가 되어 목청을 돋우며 살고 있었고, 누구는 잘 나가는 기업인이 되어 그와 동떨어진 세계에 살고 있었다.

그리고 이제 그들은 말한다. '나도 한때는 문학 지망생이었지.' 그들이 그렇게 말할 때, 그들의 과거는 물론 현재까지도 얼마나 빛나 뵈는지 모른다. 나도 물론 한때 문학 지망생이었다. 그러나 안타깝게도 나는 지금 그 말을 감히 하지 못한다. 문학은 한때 내 꿈과 낭만이 아

니라, 지금 생업이 되고 말았기 때문이다. 누구는 문학을 떠나 일찌감
치 그것을 향수의 대상으로 즐기고 누구는 문학에 매달려 지금 그것을
생업으로 삼는가 하면, 또 누구는 문학으로만 살고도 장차 그것을 누
리지 못하고 가 버렸으니, 문학 그것은 과연 꿈일까 현실일까.

그리고 아주 최근에 광웅이 형에 대해서는 한 번 더 말할 기회가 생
겼다. 문학사상사에서 '나를 매혹시킨 한 편의 시'라는 제목으로 이
시대 각계각층의 인사들로부터 자기가 좋아하는 시편을 해석하여 소
개하는 글을 쓰도록 하였는데, 그때 나는 광웅이 형의 「연못」을 써 보
냈다. 여기 그 전문을 옮겨 적는다.

이광웅 시인을 기억하는 사람이 몇이나 될까. 1940년 전북 이리 출
생. 1967년 《현대문학》 추천 시인. 1982년 군산 제일고등학교 교사로

재직 중 이른바 '오송회' 사건에 연루되어 파면. 구속. 수형. 1985년 옥중 시집 『대밭』 출간. 1987년 출소 이후 복직과 해직으로 인한 전교조 활동. 1989년 시집 『목숨을 걸고』와 1992년 시집 『수선화』 출간. 그 해 12월 사망.

이력서에 드러난 대로라면 이광웅 시인은 이런 사람이다. 간첩 사건에 연루되어 감옥이나 살고, 전교조 활동을 하던 운동권 교사, 그러다가 위암에 걸려 천수를 누리지도 못한 채 홀연 가 버린 불행한 시인. 설령 그를 기억하는 몇 안 되는 사람이라도 그들이 기억하는 이광웅은 아마 이 정도가 고작일 것이다.

이광웅을 말하려고 할 때마다 나는 왠지 내가 그 사람을 제일 잘 안다고 생각하는 버릇이 있다. 나뿐만 아니라, 그를 아는 사람들 대부분이 아마 나처럼 그런 생각들을 갖고 있는 것 같다. 그만큼 그는 모를 사람에겐 아예 모르는 사람이지만 아는 사람에겐 뭔가가 깊이 새겨져 있는 그런 사람이다. 어쨌거나 내가 아는 이광웅은 세상에 알려진 이광웅과는 많이 다르다. 이력서처럼 투쟁적이냐 하면 그렇지도 못하고, 이념꾼이냐 하면 그것도 아니다. 그는 그냥 우리 앞에 광웅이 형이었고, 문학밖에 모르는 사람이었다. 그래서 그런지 그의 작은 체구에서는 언제나 천재성이 번득였고, 그의 시적 천품은 늘 우리들의 선망이었다. 나도 중학교 때 광웅이 형의 시를 읽고 처음 문학에 눈을 떴다. 중학교 때 이제하 시인의 '청송 그늘에 앉아 서울 친구의 편지를 읽는다'를 읽었던 것처럼 이광웅 시인의 「연못」을 나는 그 시절에 읽었다.

연못은…… // 내 푸르렀어야 할 부끄러운 고백들이 / 어머니 얼굴 밑에 / 가라앉는 것을 봅니다. // 사소한 수많은 화살촉이 찍힌 자리에 / 내 얼굴을 묻어보면은 / 연못은 내 가슴 속 오열의 샘터에서나처럼 / 억제해 온 물살을 파문지우며 / 사랑의 물놀이를 성립합니다. // 연못을 들여다보

며 내가 조용히 눈물 뿌리는 것은 / 고풍한 사원에 / 촛불 켜지듯이 살고
싶었기 때문입니다.

그 시절 우리는 참 많이도 어울려 다녔다. 그때 광웅이 형은 버젓하
게 대학을 다녔어야 할 나이인데도 학교는 가지 않고 맨날 우리들하고
만 어울리는 것이 이상했는데, 지금 생각해 보면 그게 아마 집안의 가
난이고 형의 시적 방황이었던 모양이었다. 광웅이 형한테서 까뮈와 사
르트르를 얻어들은 것이 고등학교 때였고, 날더러 윤동주의 「하늘과
바람과 별과 시」를 아예 가지라고 준 사람도 광웅이 형이었다. 그렇게
문학청년기가 지나자 우리는 헤어져야 했다. 나는 대학생이 되어서 서
울로 올라왔고 군대에 가야 했고 그래도 광웅이 형은 그냥 이리에 눌
러 있었다. 간고했지만 아름다웠던 60년대가 갔다. 70년대의 나는 대
학원생이었고, 풋내기 소설가였고, 대학 강사였다 그리고 광웅이 형

은 이리에서 혹은 군산에서 시를 쓰는 고등학교 선생님이었다. 그렇게 우리는 80년대를 맞이하였다.

광웅이 형의 불행한 소식이 세간을 횡행하기 시작한 것은 1982년부터였다. 형이 오송회 사건에 연루되어 수감되었다. 내가 아는 형이 간첩이라니, 나는 너무 무서웠다. 사태의 진위 여부야 어찌 되었든지 간에 이 사건이 계기가 되어 그는 4년 8개월의 감옥살이를 살아야 했고, 감옥에서 나온 뒤에도 복직과 전교조 가입과 다시 해직과 다시 그로 인한 민주화 투쟁으로 그는 80년대 격랑의 시대를 힘겹게 헤쳐 나가야만 했다. 그렇게 80년대가 가고 90년대가 열리는가 했더니 그때 그만 갑작스레 형이 가 버린 것이다. 광웅이 형의 비보가 전해진 것은 1992년 12월 22일 밤이었다. 그 밤으로 백병원 영안실을 찾아가던 내 발걸음이 유난히 후들거리던 것밖에 나는 아무것도 기억하고 싶지 않다.

광웅이 형은 이 세상에 3권의 시집을 남겨 두고 떠났다. 『대밭』과

『목숨을 걸고』와 『수선화』. 그나마 이 시집들도 곁에서 주위 사람들이 성궈서 엮어 낸 것이지, 본인은 그럴 만한 여유와 자신감도 없이 살다 간 것으로 안다. 내가 자랑하고 싶은 「연못」은 두 번째 시집 『목숨을 걸고』에 수록되어 있었다. 지금 읽어봐도 「연못」은 내 어린 시절 문학의 영혼을 뒤흔들기에 충분한 시가 아닐 수 없다. 「연못」 외에 다른 시편들은 그야말로 격랑의 시대를 헤쳐 나가던 거친 목소리들도 많았다. 조용히 엎드려 「연못」을 들여다보던 젊은 시절의 사색과 순수에의 욕망들이 이렇듯 거칠어진 것을 보면서, 그 동안 무엇이 그토록 광웅이 형으로 하여금 절규하지 않으면 안 되게 만들었는지, 생각할수록 어두웠던 시대가 원망스럽다. 그러고 보니, 그의 목소리 높은 시편들과 잠자코 내면을 응시하는 듯한 시편들은 전생애를 통해 반반쯤 되는 것 같다. 그 하나가 광웅이 형이 살다 간 시대의 모습이라면, 다른 하나는 형이 본래 타고난 시적 천품일 것이다. 어느 쪽이 진짜 모습일까, 는 묻지 않기로 한다. 그러나 내가 형을 떠올리고 내 문학의 근원을 찾아 헤맬 때 먼저 「연못」을 찾아 읽는 건 당연하다. 「연못」은 아무래도 내 문학의 원형질 같은 것이기 때문이다. 「연못」을 읽을 때 나는 '고풍한 사원에 / 촛불 켜지듯이' 그렇게 살고 싶다던 형의 욕망과, 그 욕망을 꺾어 버린 시대의 엄청난 간극을 실감한다. 그러나 다시 「연못」을 읽으면서 나는 내 안에서 불태워야 할 문학의 원형질 같은 것을 확인함은 말할 것도 없다.

내 문학의 발길을 되돌려 거꾸로 거슬러 올라가다 보면, 지금도 거기 기억의 끝이 가 닿는 가장 먼 데에 광웅이 형이 서 있고는 한다.

미운 카네이션

스승의 날이란다. 밤에 술을 마시다가 문득 술상 아래로 주먹을 내리고 몰래 삼강오륜三綱五倫을 꼽아 본다. 임금과 신하, 어버이와 자식, 남편과 아내, 어른과 아이, 그리고 친구와 친구가 마땅히 지켜야 할 도리로써 구속되어 있거늘, 아무리 꼽아 보아도 스승과 제자에 대해서는 언급이 없다. 옛날에는 학교가 없어서 그랬을까? 공자는 제자가 삼천이 넘었다는데, 공자님 살아생전에도 없던 스승의 날이 지금은 왜 생겨서 우리를 혼란스럽게 하는 것일까. 이 점에 대해서 나는 무엇을 모르는지조차 모를 정도로 판무식이니 그저 부끄러울 뿐이다.

나는 평소에 삼강오륜이란, 그것이 그 시대에 꼭 지켜져야 할 만큼 필요해서 만들어진 요망 사항이지 그때 이미 모든 사회가 안정되고 질

서로웠다면 그게 왜 생겼겠느냐는 생각을 갖는 쪽이니까 그때 사제師
弟 관계가 워낙 좋아서 그것이 빠진 까닭이라면 차라리 다행이겠다. 그
러나 다시 그 말이 맞는다면, 오늘날 스승의 날은 그것이 제정되어야
할 만큼 스승의 위치가 흔들리고 있다는 말이 될 테니까, 그렇다면 그
또한 야단이겠다. 위축되어 가는 양잠養蠶을 중흥시키기 위해 '누에의
날'이 제정된 이치와 뭐가 다르겠는가.

"대학에서도 스승의 날이 해당 되는가."라는 터무니없는 생각을 갖
게 된 것은 개도 안 먹는다던 그 똥이 왠지 국민학교 선생님의 것일 거
라는 생각에 내가 아직도 젖어 있기 때문이지 모른다. 그러나 내가 국
민학교를 다니던 그때도 스승의 날이 있었던지, 나는 아무래도 기억을
할 수가 없다.

아마 없었던 것 같은데, 설령 있었더라도 요즈음처럼 카네이션을 꽂
아 드린다거나 요란을 떨지는 않았을 테니까 모르고 넘어갔을 것이다.

　국민학교 때 우리 선생님은 판자 교실의 양지 바른 창가에 서서 늘 연필을 깎아 주시던 모습으로 내 기억 속에 살아 있다. 그때 우리들이 쓰던 나무 연필은 유난히도 희미해서 꾹꾹 침을 발라 쓰자면 시간에도 몇 번씩이나 부러지곤 했는데 그때마다 우리 선생님은 하얀 니켈로 만든 주머니칼을 꺼내어 부러진 연필을 깎아 주시곤 했다. 그런 고마우신 선생님이신데 왜 그분이 가르쳐 주신 학습 내용은 까맣게 잊고 연필을 깎아 주던 일 같은 거나 기억하는 것인지 모르겠다. 배운다는 건 논리가 아니라 감정인지, 그런 생각도 해 본다.

　이런 기억도 나는 갖고 있다. 언젠가 무슨 궐기대회가 있던 날이다. 워낙 어려서 그때는 왜 그런 일을 하는지 잘 몰랐지만 아마 반공反共 궐기대회였을 것이다. 어쨌든 우리는 어릴 적부터 그런 연습을 많이 하면서 자랐던 것 같다. 십 리도 넘는 거리에 면사무소가 있고, 면소재지 학교에서 우리는 모였는데 거기서 누군가의 선창에 따라 구호를 복창하고 그리고 식이 끝나면 다시 길게 줄을 지어 학교로 돌아오곤 하던 기억이 지루하게 떠오른다. 줄을 맞춰 걸어오면서 나는 왜 궐기대회를 해야 했는지, 우리 선생님한테 물어본적이 있다. "참외를 안 사줘서 그렇단다." 선생님은 아무 표정 없이 그렇게 대답하면서 다만 걷고 계시는 것이었다. 그 때는 여름이었다.

아무렴 참외를 사 주지 않는다고 궐기대회를 할 리는 없을 테고, 아무래도 우리 선생님이 거짓말을 하고 계신 것 같은데, 선생님이 거짓말을 하다니 그것도 못 믿겠고, 어쨌든 이래저래 혼자 궁금하던 기억이 지금도 우습다.

지금 생각해 보면 그때 선생님은 좀 짜증이 나 있었던 것 같다. 나는 그때 워낙 아무것도 모르니까, 그냥 왜 궐기대회를 하느냐고 물었겠지만 선생님이 대답하실 때는 그것이 분단分斷의 복잡하고도 가슴 아픈 긴 이야기가 될 수밖에 없었을 테니, 쓱벅 한마디로 궁금증을 풀어 주기에는 너무 짜증스럽다는 생각도 무리는 아니었을 것이다. 선생님한테는 너무 확실한 역사를 다시 어린 것들에게 논리적으로 이해를 시켜야 하고, 그리고도 또한 그 논리가 현실적으로 풀리지 못하여 답답한 채 그래도 다시 교단에 서야 하는 선생님, 우리들의 선생님이 아니었던가.

그날 터무니없는 참외 타령으로 내 앞에 멍청해 뵈던 우리 선생님의 모습도 어쨌든 나한테는 잊을 수 없는 기억 중의 하나다. 지금은 어디서 어떻게 살아 계시는지조차 모르는 잃어버린 스승이지만, 있다면 나는 그때가 새로워서 그분 가슴에 빨간 카네이션을 달아 드릴 것이며, 그분은 어쩌면 그날의 짜증스럽던 기억이 싫어서 그 꽃을 사양할지도 모른다. 스승의 날에나 한번씩 떠올려 보는 참으로 먼 옛날 일이다.

요즈음 스승의 날은 꽤 성대한 행사의 날로 지켜지고 있는 것 같다. 국민학교는 말할 것도 없거니와 중학교, 고등학교에서까지도 잔치는 크게 벌어지고 있는 모양이다.

가슴에 카네이션을 다는 걸 보면 그것도 아마 외제外製가 아닌가 싶은 생각이 드는데, 삼강오륜에도 없던 이 날이고 보니, 예로부터 임금한테 잘하면 충신이요, 부모한테 잘하면 효자인 것을, 그렇다면 스승한테 잘하는 제자를 우리는 뭐라고 불러야 옳은 것일까.

대학에서도 스승의 날이 해당되는지 안 되는지를 알지 못한 채, 그날 나는 술을 마셨다. 점심 때 제자들이 찾아와 밥을 곁들인 술을 마셨고, 저녁에 우리 선생님을 모시고 식사도 없는 술만 권해 드렸다. 술을 마시면서, 낮에 내 제자들과 함께 있었던 일을 감히 우리 선생님 앞에 말씀드릴 수가 없어 감추었는데, 그것 또한 스승의 날에 체험한 어떤 느낌 중의 하나가 아닐 수 없다. 글을 쓴다는 건 역시 어리석지 않고는 안 되는 일이라더니, 그러면서도 그날 있었던 일을 여기 적는 걸 보면 그 말이 맞기는 맞는 모양이다. 아, 그나마 스승의 날은 이제 일 년 뒤에나 다시 온다.

어디서 무엇이 되어 다시 만나랴

세상에는 맵고 짠 글도 많으련만 하필이면 이 계절에 수필을 쓰라 한다(신군부 독재 시절 '지도교수'라는 이름으로 학생들의 데모 저지를 위한 이념 교수로나 살아야 했던 심경을 나는 이런 식으로밖에 표현할 수가 없다).

직접 소설을 쓰기도 하고 가르치기도 하는 나로서는 수필이란 원래 물처럼 봄처럼 싱거운 글이려니 소홀했던 것을. 하필 내 이름이 물河 같고 봄春 같아서 그랬던지 날더러 그런 글을 쓰라 하니 맥없구나.

청탁하는 기자 또한 눈치 하나는 빨라서 내 거절을 예방하는 솜씨 한 번 대단하다.

저, 선생님 지도학생인데요, 그 동안 찾아뵙지는 못했지만 하여

튼…….

그래?

혹 대학원생이라면 몰라도 문득 학생 기자한테서 지도자적(?) 칭호를 듣는 감회가 어찌 이다지도 새삼스럽던고.

그 친근함이 낯설어서 나는 퍼뜩 철 지난 역사책을 읽듯 아득한 기분에 사로잡힌다.

하긴 '지도'라는 이름으로만 만날 때 우리는 늘 그런 식으로 겉돌았었지.

가령, 자네가 내 연구실 문을 노크하고 들어온다. 어서 오게. 자네, 내 지도학생이지? 아뇨, 전 학교신문 기잔 걸요. 아, 그렇던가? 요샌 내 지도학생들조차 모르겠다니까. 우리는 이랬었다.

다시 가령, 자네가 또 내 연구실 문을 노크하고 들어온다. 어서 오게. 자네, 학교 신문 기자지? 또 원고를 청탁하려고? 아닙니다. 전 선생님 지도학생입니다. 아, 그렇던가? 요샌 내 지도학생들조차 모르겠다니까.

차라리 '지도'라는 이름으로가 아니었다면 이보다는 덜 서먹했을지도 모른다. 어쨌든 지도교수치고는 어지간히도 말을 더듬었고, 그래서 그랬던지 지도학생치고는 되게 말귀도 어둡더군. 그래 그냥 지도라는 이름을 빼고 우리 선생님, 우리 학생들이고 싶던 심정이야 피차가 마찬가지였다.

아! 멍텅구리 선인장 꽃들처럼 홀로들 요염하던 먼산바라기들이여. 행여 접근할세라, 벌거벗은 알몸으로들 온몸에 가시 침을 돋우고, 그러나 아직은 시들고 싶지 않다는 듯 홀로들 자태를 고집하던 아, 나는 적막강산의 선인장 꽃.

지도학생은 지도교수니까 그를 만나고 싶지 않았고, 지도 아닌 학생은 지도교수가 아니니까 그를 만날 필요가 없었다. 그래서 지도교수는 '지도학생'과 '지도 아닌 학생'을 함께 잃었다. 모두 다 잃었다.

하나가 꽃이면 또 하나는 꿀벌 쯤이던 옛날의 신화가 그립다. 그래야 거기서 벌은 꿀을 따고, 꽃은 그로부터 열매를 맺을 게 아니던가. 하나가 나무라면 다른 하나는 나그네 쯤이라던 먼 옛날의 전설이 아쉽다. 그래야 나무도 거기 그늘을 드리우고, 나그네 또한 거기서 피곤한 몸을 쉴 게 아니던가.

세상이 온통 홀로 요염한 선인장 꽃으로만 가득할 때, 나는 오히려 지독한 불임의 적막을 느낀다.

이보게, 김 군! 이 글이 한 편의 수필 되기만 바라는 자네 심정을 나는 안다. 그리하여 단 한 순간만이라도 이런 적막을 물처럼 봄처럼 달래보고 싶다 그 말이지?

그렇게 마음을 다잡고 나서도 다시 허허로운 들판에 서듯 빈 가슴 쓰다듬는 까닭은 아! 우리들 어디서 무엇이 되어 다시 만나랴!

오뉴월 서릿발도 알곡으로 여문다는 이 9월에.

도심에서의 산책

종로에서, 명동에서, 아니다. 은행나무 가로수 까칠한 겨울 가지 사이로 저만큼 이순신 장군의 뒷모습이 내다뵈는 세종로 길바닥에서, 나는 나를 발견하고 싶은 때가 있다.

퇴근길일 리가 없다. 그래서 친구와 술 약속이 있었던 것도 아니고, 더구나 비즈니스 때문만은 아니다.

남들이 다 근무하는 대낮에, 별 볼일도 없이 외출이 하고 싶어졌을 때, 그러나 아무도 나를 불러 주는 사람은 없고, 그럴 때 종로나 명동은 내 유년의 논두렁 밭두렁이다. 가을을 거둬들인 들길을 거닐며 서울 유학을 꿈꾸던 나이가 나한테는 있었다.

영화나 한 편 볼까, 서점에 들러 책을 한 권 고를까, 아니면 차를 한

잔 마셔도 좋고, 아냐, 그냥 거리를 걷지.

서울 거리는 서울 사람들한테만 낯이 설다. 처음 와 본 도시처럼 그냥 길을 모르겠는 것이 아니라, 내가 버린 유년의 시골길처럼 구석구석 다 낯익은 거리이면서 다만 그것은 타인의 거리이고 싶을 뿐이다.

정다울 수도 있는 거리가 낯설게만 느껴지는 건, 내 마음속 어딘가에 유년의 들길이 잠재한 탓이다. 낯선 것은 좋은 것이다. 그 안에 감추어진 비밀이 있을 것 같고, 그 안에 들여다보고 싶은 것이 있을 것 같아서, 그것은 마치 낡은 사진첩을 뒤적거릴 때처럼 여러 생각이 우러나기 때문이다.

종로나 명동에서, 아니다. 서울역 앞이나 남대문시장 같은 북적거리는 인파 속에서, 나는 그런 충동을 받는다. 늘 그렇다는 말이 아니다. 업무에 쫓기고, 그래서 오히려 그 산적한 일로부터 헤어나고 싶을 때, 나는 거리로 나선다. 나는 내 마음속의 자투리 시간을 그렇게 즐긴

다. 주말여행이라도 가고 싶고, 아니면 교외선이라도 타야겠다는 생각을 간절하게 떠올리면서도, 그냥 하루가 가고, 또 한 해를 그렇게 보내고 마는 사람에게 비하면 내 도심의 산책이야말로 얼마나 소중한가.

주말에 산을 찾는 사람이나, 대낮에 잠깐 도심의 거리를 산책하는 사람이나, 어차피 우리 모두에게는 스스로 버린 유년의 들길이 있게 마련이다. 지금 북적대는 이 도심의 거리는 따지고 보면 그 들길을 거닐며 키워 온 내 소중한 보람이다.

언젠가는 나도 빨리 어른이 되고 싶어서 밥을 많이 먹던 아이였었다. 그러나 정작 허수아비 같은 어른이 되었을 때, 다시 돌아가고 싶은 건 역시 어린 시절이었다. 들길을 걷다 보면 도시가 그립고, 도시에 살다 보면 다시 들길을 걷고 싶다. 그나마 그것은 내 유년의 들길을 버리고 도시로 오듯 다시 또 그렇게는 돌아갈 수 없는 지금에 와서다.

삶의 터전을 미국으로 옮겨 버린 친구가 이따금씩 편지를 보내온다. 그의 편지를 읽다 보면 한 폭의 아름다운 풍경화가 떠오른다. 롱 아일랜드의 끝 쪽, 대서양의 푸른 물결이 내려다보이는 그쯤 언덕바지 숲속에 그의 집은 자리 잡고 있었다. 사랑스런 아내와 함께 일터에 나가면 그의 사업은 날로 번창하고, 아이들은 충실하며, 또한 알맞게 비축해 둔 은행의 잔고가 있어 그는 행복하다.

아, 다시 그러나, 으레 뺄 수 없는 그의 편지의 끝말, 돌아가고 싶다, 다시 돌아가서 서울 거리를 걷고 싶다.

나의 서울 거리가 어느덧 친구한테는 유년의 들길이 되어 있었다. 그 친구랑 함께 종로나 명동 길을 헤집고 다니던 시절이 있었다. 그때 이미 그는 어디론가 몹시 떠나고 싶어 했었고, 마침내 그는 떠났다. 그리고는 꽤 세월이 흐른 지금, 그는 다시 그가 버린 서울의 들길을 걸어 보고 싶은 것이다.

마침내 돌아와 버릴 결심을 굳혔노라고, 그가 나한테 최후의 통첩을 보내왔을 때, 나는 친구한테 답장을 썼다.

'무진기행'의 낯설도록 그리운 감정들을 그대는 기억하는가. 성공한 제약회사의 전무, 그대는 지금 그 주인공과 같은 삶의 궤적을 밟고 싶어 한다. 각박한 서울에서의 삶을 벗어나 다시 무진으로 돌아가고 싶어 하는 전무처럼 나는 그대가 그대의 서울로 다시 돌아오고 싶어 하는 심정을 이해한다. 그러나 그것은 그렇게 다시 돌아가고 싶은 심정으로 아름다울 뿐이다. 그때 실제로 가서 확인한 무진의 거리를 그대는 알고 있지 않은가. 모두가 눈에 익은 낯섦들. 그의 출세를 시기하는 옛 친구가 거기 있었고, 그것을 존경해 마지않는 후배가 또한 거기 있었고, 어디 그뿐이던가. 서울이 그립다며 다시 데려가 달라고 애원하는 여선생까지도 어느 것 하나 무진의 옛 모습 아닌 것이 없었다.

서울은 그대가 거기 살기 때문에 다시 오고 싶을 뿐이다. 성공한 제약회사의 전무일수록 무진은 다시 돌아가고 싶은 그의 고향이다.

친구는 다시 서울로 돌아오지 않았다. 이제 내 서울 거리를 거닐며 유년의 들길을 떠올리듯, 지금쯤 그 친구도 콧대 높은 뉴욕의 거리를 거닐며 서울 들길을 그리워하겠지.

문득 종로 거리에 서 보는 마음이 포근하다. 떠밀리듯 거리를 물결쳐 가는 사람들, 사람만큼이나 빼곡히 들어찬 거리의 차들, 가로수마다에 어둠이 몰려오고, 그래서 더욱 각박하게만 느껴질지도 모를 이 거리가 오히려 나한테는 포근하게만 느껴지는 건, 지금 할 일이 산적한 내 안에 유년의 들길이 함께 살아 있는 까닭이다.

이 낯설도록 눈에 익은 서울 거리에서 나는 문득 외로운 한 마리 들짐승이다. 계절이 겨울로 치닫는 거리에서야 하물며.

태어나서 처음 본 것

새 학기가 시작될 때마다 학생들에게 짤막한 글을 한 편씩 쓰게 한다. 그들의 관심을 알고도 싶거니와, 글쓰기에 대한 이런저런 얘기를 함께 나누고 싶어서이다.

이번 학기 제목은 '태어나서 처음 본 것' 이었다. 지금까지 살아오는 동안 무엇이 그토록 절실하게 그들의 가슴에 와 닿았는지를 말해 보라는 뜻이다. 제목을 내어 걸면서 나는 이미 몇 가지 답을 예상해 본다. 누군가는 몇 살 때 사랑을 처음 느꼈다고 고백할 것이다. 또 누군가는 우정을, 또 누군가는 신앙을 언급할지도 모른다. 사랑과 우정과 신앙과, 그런 것들은 너무 소중해서 아무나 함부로 깨닫기 어려운 것일 테니까.

그런데 결과는 뜻밖이었다. 의외로 많은 학생들이 옛날 갓난아기 시절로 되돌아가 산부인과 병원의 침대 위에 누워 있는 것이다. 그리고는 맨 처음 세상에 나오자 어머니 얼굴이 보이고, 의사가 서 있고, 간호사가 분주히 왔다 갔다 하더라는 것이다.

그건 거짓말이다. 어머니 뱃속에서 나왔으니까 곁에 어머니가 누웠을 것이고, 병원에서 태어났으니까 의사나 간호사가 거기 서 있을 테지만, 그건 짐작일 뿐 직접 본 것이 아니다. 진짜 보았다고 우겨도 독자들이 그걸 믿지 않는다. 진짜 '본 것'과 '아는 것'의 차이를 독자들은 알고 있기 때문이다.

요즈음 거리에 범람하는 글들을 보면서 그런 생각을 해 본다. 그것들은 진짜 그들이 '본 것'일까, 아니면 남한테 들어서 다만 '아는 것'일까.

'태어나서 처음 본 것'을 쓰라고 했을 때, 독자들이 바라는 건 진짜 본 것을 의미한다. 시각적으로 본 것은 본 것이 아니다. 마음이 가 닿지 않으면 보아도 보이지 않고 들어도 들리지 않는 법이다. 마음으로 본 것이어야 한다. 뭔가를 보았다고 말할 때는 저쪽 대상이 뭔가 나한테 와서 내 가슴을 울려 주어야 한다. 그것이 태어나서 처음 본 것이다. 이런 정도로 출제자의 의도를 파악하지 못한 채 태어나서 처음 본 것을 쓰라니까 더 망설일 것도 없이 그만 병실로 달려간 글들을 써 내고, 마치 정답을 풀었으니까 나는 백 점이겠지 하고 만족해하는 학생들을 보면 난감하다. 어디서부터 어떤 식으로 그의 잘못을 시정해야 할지 막연해진다.

학교에서 문학 선생이 되다 보면 곤란한 질문을 받은 때가 종종 있다. 요즈음 읽을 만한 소설을 좀 소개해 달라는 것이다. 읽을 만하다는 말 속에는 물론 재미있고도 유익한 것이 담겨 있어야 한다는 말일 것이라는 것쯤 모를 리 없다. 그러나 선뜻 이거다, 라고 말해 준 적이 별로 없다. 문학 선생은 뭐든지 다 읽었을 줄 알지만, 솔직히 말해서 홍수처럼 쏟아져 나오는 글들을 읽어 낼 수가 없다. 아예 읽기를 포기해 버린 상태다. 그러나 더 중요한 문제는 나한테 좋은 책을 추천받고자 하는 독자들이 전혀 무위도식으로 앉아서 공짜를 바라는 사람이 아니라는 점이다. 그 말 속에는 아무리 읽어도 독자들의 심금을 울려 줄만한 책이 없더라는 뜻이 담겨 있기 때문에 더 답답하다.

요즈음 글을 쓰는 사람의 수준과 읽는 사람의 수준이 어떻게 다른지를 모르겠다. 양서를 요구하는 독자층은 늘었는데, 양서를 공급하는 층이 엷다는 생각을 해 본다. 대형 서점의 서가를 빼곡히 채우고 있는 신간서적들을 볼 때마다, 신문의 광고란에 차 있는 엄청난 선전의 책들을 볼 때마다, 풍요 속의 빈곤을 느낀다. 요즈음은 누구나 책을 쓴다. 웬만한 이름 석 자를 가지고 사는 인물이면 저서 한 권쯤 안 가진 사람이 바보다. 이렇게 쏟아져 나오는 판에 왜 읽을 만한 책을 추천받고 싶어 하는지 궁금하다. 책이 너무 두꺼운 것도 문제이다. 웬 할 말들이 그다지 많은지, 글은 주제별로 쓰는 것이지, 시대별로 쓰는 게 아니다. 일단 소설이 시작되었다 하면 한 시대를 다 쓰고 말 작정인가 보다. 주제가 선명했으면 좋겠다. 자신의 책을 짧게 쓰기에는 너무 시간이 없었다는 파스칼의 말을 떠올린다. 글이란 갈고 닦을수록 짧아지는 법이다. 짧되 촌철살인寸鐵殺人하는 예지가 담겨 있어야 한다. 책이 너무 두터워서 읽기도 전에 겁부터 난다. 신문의 광고를 보면 요즈음 베스트셀러가 그리 많다는데, 어째서 자꾸만 문을 닫는다는 출판사는 그리도 많은지, 뭔가 마음으로 깨달은 것을 구하는 독자들 앞에 시각적으로 본 것만을 써 내는 작가들이 그 책임을 져야 하지 않을까.

당신들의 춘향

춘향전을 아느냐고 물었을 때, 모른다고 대답하는 사람을 나는 본 적이 없다. 물론 다 안다고 대답한다. 누군가는 내가 국문과 선생 아니랄까 봐 그런 걸 묻는다고 눈을 흘기는 사람도 있다.

그러면 또 나는 이렇게 묻는다. 춘향전을 읽었습니까? 그때 그는 고개를 기우뚱하면서 이렇게 대답한다. 읽었을걸요, 아마. 나는 다시 묻는다. 언제 어떤 책을 읽었죠? 그는 대답한다. 텔레비전서도 보고, 고등학교 때도 배우고, 많이 봤지요.

마지막으로 나는 한 가지만 더 묻는다. 춘향이 슬하에 몇 남 몇 녀나 두었죠? 그의 마지막 대답은 이렇다. 그건 모르겠는데요. 헤헤. 그러면 그는 춘향전을 읽지 않은 사람이다. 그뿐만이 아니라, 춘향전을 읽지 않고도 읽었다고 생각하는 사람은 많다. 심지어는 그것을 읽었는지, 안 읽었는지조차 모른다. 그러면서도 그는 그냥 춘향전을 잘 안다. 그것은 그 사람의 잘못이 아니라, 죄가 있다면 춘향전이란 이야기가 워낙 그렇게 돼먹은 탓이기도 하다.

답답한 나머지, 그는 그의 어머니나 할머니한테 가서 물어볼지도 모른다. 어머니, 춘향전을 아세요? 어머니라고 대답이 다를 리는 없다. 물론 안다고 대답하신다. 그러면 그 사람도 같은 질문을 할 수밖에 없다. 언제 어떤 책을 읽으셨나요? 너무도 자신만만한 나머지, 어머니는 이렇게 되물어 올 것이다. 애, 뭘 그런 걸 읽니? 읽지 않고도 그냥 아는 거지.

그렇다. 춘향전을 모르는 사람은 없다. 우리나라 사람들은 태어나면서부터 춘향전은 다 알아 갖고 나온다.

너무 유명하기 때문에 다 알면서도 실지로는 아무것도 모르는 '앎'

들이 우리 주위엔 너무 많다. 춘향전을 읽지 않고도 아는 '앎'과 실지로 읽어서 아는 '앎'과는 너무나 차이가 있는 법이다. 그것은 실로 모르는 것과 아는 것만큼이나 차이가 큰 것이다. 그럼에도 불구하고 우리는 아무것도 모르면서 실제로는 안다고 생각하는 그 피상적인 '앎'으로만 세상을 살아가려고 하는 경향이 많다. 그런 피상적인 앎을 흔히 '겉멋'이라고 한다. 겉멋은 알짜 무식보다 못하다.

무식은 진실과 통하지만 겉멋은 가짜와 통하기 때문이다. 겉멋일수록 겉멋끼리 어울리면 그럴듯해 보이는 법이다. 『로미오와 줄리엣』을 읽지 않은 것은 무식이지만 진실일 수 있다. 그러나 난, '로미오'는 읽었는데 '줄리엣'을 아직 못 읽었어. 라고 말했을 때 그건 무식이 아니라 겉멋이요, 가짜요, 그래서 죄악이다.

나는, 사람들이 뭐든지 다 알기를 원하지 않는다. 그러나 적지만 진실로 알기를 바란다. 한 가지만이라도 진실로 알기 위해서는 나머지 많은 것들을 오히려 포기해야 하는 경우도 있다. 그리하여 그의 직업이 생기고 전공과목이 생기는 것이다. 직업이란 단순히 생계를 이어가기 위한 일인 것만은 아니다.

이 세상에 누군가가 나를 필요로 하고, 나 아니면 그 일이 이루어질 수 없다는 자긍심이 설 때, 그 일은 나의 것이요, 나의 보람이다. 보람 있는 일만이 나의 직업일 수 있다. 그 보람은 일의 전문성에서 나온다. 전문성이 없는 직업일수록 불안하기 마련인데, 그것은 따지고 보면 나 자신에 대한 불안이기도 하다. 피상적인 앎이요, 나아가서는 겉멋일 수밖에 없는 자신을 자신이 가장 잘 알고 있기 때문이다.

춘향과 이 도령은 슬하에 삼남 이녀三男二女를 두었다. 요즘 같아서는 아들 하나 딸 하나, 아니면 아들 하나만 덜렁 두었다고 썼을 텐데, 그때 『춘향전』이 삼남 이녀를 두었다고 하는 걸 보면 그 당시 이상적인 가족 형태가 아무래도 아들 셋에 딸 둘은 필요했던 것 아닌가 하는 생각도 해본다. 그건 그렇더라도, 내가 춘향이 몇 남 몇 녀를 두었느냐고 물은 것은 그까짓 춘향이네 가족 사항이 궁금해서 그랬던 것은 아니다.

춘향이 정렬부인이 되어 삼남 이녀를 두고 잘 먹고 잘 살았다는 구절은 맨 끝 부분에서 나오는 대목이다. 『춘향전』을 읽으려거든 그만큼이나 끝까지 읽어야 『춘향전』을 읽었다고 하지, 그러지 않고서야 무슨 『춘향전』을 읽었다고 하겠느냐고, 사물을 파악하려거든 부디 완벽하게 좀 파악해 달라는 뜻으로 이 말을 하는 것이다.

우리들 일상의 주변에는 너무 피상적인 앎들만이 범람하면서도 그것들이 마치 진실인 양 지배하고 있기 때문에, 이처럼 허위와 날조가 판을 치는 세상일수록 적으나마 진실을 보는 재미를 맛보고 싶어서 그랬던 것이다.

붓끝 가는 대로

중국의 어느 황제에게, 총애를 받는 한 미인이 있었다. 너무 예뻐서, 황제는 화공을 시켜 그 미인의 모습을 그리도록 명했다. 화공은 황제의 명을 받들어 그림을 완성했다. 그런데 그만 그 화공은 붓을 잘못 떨어뜨려 화상의 배꼽 아래에 붉은 점을 찍고 말았다. 그것을 없애고자 했으나 되지 않았다. 화공은 속으로, 붉은 점은 필시 천생의 것이리라 생각하여 황제 앞에 바쳤다. 그림을 대하자, 황제가 말했다. "형상만은 실물과 같이 되었다. 그러나 이 배꼽 아래 점은 은밀히 감추어진 것인데, 어떻게 알고서 이걸 그려 넣었단 말이냐." 황제는 노하여 그 화공을 감옥에 가두고 벌을 주려 하였다. 이 때 승상이 나서서 그 화공은 마음이 충직한 사람이니 사면해 주도록 간하였다. 황제가 다시 말했다. "그가 진정 어질고 정직하다면 내가 어젯밤 꿈에 누구를 보았는지 그 사람의 상을 알아맞혀 그리도록 하라. 그러면 놓아 주리라." 화공은 십일면 관음상을 그려 바쳤다. 그것은 황제가 꿈에 보았던 것과 일치했다. 황제는 그제야 화공에 대한 오해를 풀고 그를 사면해 주었다.(삼국유사 권 제3, 탑상 제4조)

읽다 보면 궁금한 사항은 많다. 그 잘못 떨어뜨린 붓끝이 하필이면 왜 미인의 배꼽 아래에 가 닿았을까. 그리고 그 잘못 찍힌 점을 보자 황제는 왜 화를 내야 했을까. 우리 같은 속인俗人들이라면 그때 배꼽 아래를 들킨 미인의 처지가 더 궁금했을 텐데, 황제는 황제답게 화공을 문제 삼고 있었다. 화공에게, 잘못 떨어뜨린 붓끝은 미인을 미인 되게 하는 화룡점정畵龍點睛의 묘였다. 옛날에 어떤 화공이 있어 용龍을 그리고자 하였다. 아무리 실감나게 색칠을 하여도 용은 꿈틀거리지 않왔다. 마침내 눈동자를 그려 넣었더니 용은 홀연 구름을 타고 날아가 버렸다. 그때 미인도를 그리던 화공의 심정이 아마 그랬을 것이다. 어 떻게 하면 미인을 미인답게 그릴 수 있을까?

사실을 사실답게 그린다는 건 곧 사실이 사실일 수 있도록 그 안에 생명력을 불어넣는 일이다. 예술은 현실을 현실답게 재현하는 것을 그 이상으로 삼고, 그래서 그 이상은 이상답게 실현되기 위해 현실을 직 시해야 한다. 가장 현실적인 것이 가장 이상적이고, 가장 이상적인 것 이 가장 현실적이라는 논리는 그래서 미인과 화공 사이에 감추어진 비 밀과도 같은 것이 된다. 화공이 잘못 붓을 떨어뜨린 건 사실이지만, 그 것은 미인의 이상이다. 그런가 하면 배꼽 아래 붉은 점은 미인에게 있 어도 사실이고 없어도 사실이지만, 그것은 화공의 이상이다.

화공의 예술적 상상을 통하여 미인의 미인다운 실체를 파악하고자 한 것은 확실히 이 설화의 묘였다. 화공이 황제의 꿈에 본 십일 면 관음상을 그릴 수 있었던 것도 바로 이와 같은 착안에서였을 것이다. 십일 면 관음상이야말로 현실적 인간이 상상해 낼 수 있는 가장 이상적 인간이기 때문이다. 황제로부터 꿈에 본 것을 그리라고 명령 받았을 때, 화공은 우선 황제가 무슨 꿈을 꾸었을까 하고 황제 특유의 입장을 생각하기 전에, 모든 사람들이 꿈에 그리워할 만큼 소중한 것은 무엇일까 하는 인간의 보편적 소망을 먼저 떠올렸을 것이다. 그리고 그 답으로 십일 면 관음상을 그렸을 때 그것은 정확히 황제의 소망과 일치할 수 있었던 것이다.

종교는 인간의 이상과 현실이 동시에 만나는 자리일 거라고 나는 생각한다. 그 화공이 신라에 와서 이룩했다던 중생사의 대비상大悲像과, 그 상像을 통해서 받은 생명과 공양과 지식에의 은복이 우리의 일상에서 얼마나 긴요한가를 생각할 때 그 점은 확실한 것 같다. 신앙의 이적異蹟이 또한 미신의 괴담과 달리 엄숙할 수 있는 까닭도 다

름 아닌 그 이상과 현실의 상상적 조화 때문이 아닌가 하고 생각해
보는 것이다.

'작은 것'의 의미

우리 민요 가운데 이런 짤막한 노래가 있다.

항라 적삼 안섶 안에 / 연적 같은 저 젖 보소 / 담배씨만큼 보고 가
소 / 많이 보면 병납니다

유혹은 유혹인가 본데, 문제는 '젖'이다. 남성의 젖이 아니라 여성
의 젖이다. 그나마 먹으면 살찌는 어머니의 젖이 아니라 '많이 보면
병나는' 사랑의 젖이다. 그렇다고 전혀 보지 말라는 말만도 아닌 것
같다. 보기는 보되 살짝 보아 달라는 말이다. 그래서 이 노래는 '담배
씨만큼'만에 그 묘가 있다. 담배씨는 '작은 것'의 비유적 표현이다. 담

배씨가 얼마나 작은지를, 본 적이 있는 사람은 보아서 알 것이다. 우리가 흔히 '눈곱만큼'이라고, 작은 것을 말할 때는 곧잘 '눈곱'에 비유하기를 좋아하지만, 그러나 담배씨는 눈곱보다도 훨씬 더 작고 여물다. 게다가 그 비유는 현실감조차 있다. 민요의 조상은 주로 노동요이고, 노동요의 현장은 대부분 농사의 현장이다. 이 점에서 눈곱보다 담배씨가 훨씬 민요적 수사修辭일 것은 당연하다.

왜 '살짝' '조금만' 보고 가라는 것일까? 많이 보면 병나니까? 그건 아니고, 사랑의 희소가치를 최대한 누려 보자는 의도일 것이다. 사랑은 어차피 보면 병이 나도록 되어 있다. 조금 보아도 병이 나고, 많이 보아도 병이 나고, 보지 않아도 병이 나고, 보아도 어차피 병은 난다. 그래서 병이 나고 안 나고는 여기서 아무 문제될 것도 없고, 다만 문제가 되는 것은 그 젖을 어떻게 감추고 아껴서 사랑에 대한 호기심을 극대화하느냐 하는 것이다. 사랑은 원래 정체불명의 호기심 같은 것이다. 정체불명이기 때문에 확실하게 파헤치고 싶고, 파헤쳐도 손에 잡히지 않기 때문에 정체불명인 것이다. 호기심은 호기심 그 자체로 희소가치를 지닌다. 그래서 호기심은 그 정체가 밝혀지면 질수록 가치가 줄고, 그 정체를 감추면 감출수록 가치가 높아지는 것이다. 이 노래가 사랑의 젖을 자꾸만 감추고 아끼어 살짝 조금만 보라고 하는 까닭은 그 때문이다.

'젖'은 하필이면 '항라 적삼 안섶 안에' 감추어져 있다. 항라亢羅란 명주·모시·무명실 등으로 짠 피륙 중 한 가지로서 씨를 세 올이나 다섯 올씩 걸러서 구멍이 송송 뚫어지게 하여 그것을 몸에 걸치면 속살이 다 보일 정도로 얇고 성글게 만든 옷감이다. 때문에 수사적으로는 점잖게 안섶 안에 감추어져 있다고 표현했지만, 기실 그것은 제법 멀리서도 완연한 색태를 내보이게 마련이다. 그리하여 통째로 다 드러내 보인다고는 할 수 없어도 보일락 말락, 자세히 보면 훤히 비치지만 그래도 감추어진 남의 앞가슴이라 노골적으로 보고 싶은 눈치를 드러내지도 못하고 애타는 심정이 '항라 적삼'과 '안섶' 안에 들어 있는 것이다.

그 '젖'이 연적硯滴같이 생겼다고 한다. 연적이란 벼룻물을 담는 그릇이다. 색깔이 하얗거나 비취색일 수도 있고, 게다가 귀여운 토끼 새끼가 웅크린 자태라거나 아니면 작은 복숭아와 같은 형상이다. 바로 그 연적 같은 젖이 항라 적삼 안섶에서 뭇 남성들의 시선을 끄는데, 그나마도 그것을 '담배씨만큼'만 보고 가라는 것이다.

목어木魚를 두드리다 / 졸음에 겨워 // 고오운 상좌 아이도 / 잠이 들었다 // 부처님은 말이 없이 / 웃으시는데 // 서역 만리길 / 눈부신 노을 아래 / 모란이 진다

지훈芝薰 선생의 「고사古寺」는 옛 뜰 안에 서린 적요寂寥를 완벽하게 포착하고 싶어 한다. 고요도 이 정도면 감히 살아 숨 쉬는 시라 아니할 수 없겠다. 그냥 고요하기만 한 옛 절의 정지된 풍경이 아니라, 모란이 지는 서역 만 리 머나먼 길이 한 눈에 펼쳐진다.

고요뿐인 고요를 위하여 이 시는 거꾸로 아주 미세한 소리까지 귀 기울인다. 그리고 그 소리는 다시 아주 미세한 동작들과 대조된다. 목탁 소리와 한낮의 졸음, 그것은 고요하다 못해 무료하다고나 할까. 그런가 하면 상좌 아이는 잠이 들고 목탁 소리마저 멎음으로써 고요는 극한의 정적에 이른다. 고요가 고요로서 끝난다면 그건 시가 아니다. 모든 적멸한 상태에서의 고요란 매력이 없을 뿐 아니라, 타나토스 (Tanatos 반생명적 운동)의 적막이기에 오히려 불안하기조차 하다. 무언가 살아 움직여 줘야 한다. 그것을 시인은 '말이 없이 웃으시는' 부처님으로 포착하고 있다.

'빙산氷山의 일각一角'이라더니, 원래 눈에 보이는 것은 보이지 않는 것들에 비해 작고 시시한 법이다. 그 보이지 않는 커다란 것들을 보기 위하여 우리는 가시적인 대상으로부터 뭔가를 미루어 짐작하고 유추하는 것이다. 얼핏 보기에 '빙산'은 엄청나게 커 보일지 모르지만 물속에 잠겨 있는 또 다른 빙산에 비하면 형편없이 작은 것이다. 따지고 보면 우리는 눈에 보이지는 않지만 사실은 엄청나게 큰 것들에 비해 아주 작은 것들만을, 보다 고귀하고 소중한 것들에 비해 하찮고 시시한 것들만을 보며 사는 것인지도 모른다. 그 작은 것들로부터 미루어 더 큰 것을 생각하고 더 고귀한 것을 유추하는 일이 우리한테는 중요하다. 그런 지혜를 우리네 조상들은 예로부터 지니고 있었다. 바꾸어 생각하면 이런 지혜는 더 큰 것만을 바라고 눈에 보이는 작은 것을 소홀히 하는 그런 세속적인 결과를 초래하는 것이 아니라, 나아가서 작고 시시하고 형편없는 것들까지도 아껴 볼 수 있는 큰 눈이 될 수 있는 것이다.

가을 축제

강소천 선생의 동화를 읽으면서 자랐다. 중학교 때 백일장에서 '꿈을 찍는 사진관'을 상품으로 받아 읽었고, '물 한 모금 입에 물고 하늘 한번 쳐다보고'가 그분 동요라는 것도 그때 알았다. '小泉'이면 '작은 샘'일 텐데, 그렇게나 예쁜 이름을 누가 지어 주셨을까, 혼자 감탄하며 궁금했던 기억이 난다.

일본 총리 고이즈미가 역시 小泉인 것을 안 것은 아주 최근이다. 아, 그 이름이 그 이름이었구나, 두 이름이 겹치면서 내 뇌리를 스쳐 지나가는 영상이 결코 아름답지만은 않았던 것도 솔직한 고백이다. 소천 선생이면 소천 선생이고, 고이즈미 총리면 고이즈미 총리였지, 하필이면 두 이름을 그렇게 갖다 댈 건 뭔가, 나는 내 관습적인 언어 연

상법에 웃어도 본다. 참으로 혼자서나 웃어넘기고 말아야 할 싱거운
에피소드일 뿐이다.

가을이 온통 축제 한 마당으로 저물어 가는 기분이다. 하늘은 높고
푸르며, 산과 들이 노랗고 빨갛게 단풍져 흐드러지는가 하면, 오곡백
과는 무르익어 탐스럽고, 가을 바다는 은빛 풍어를 자랑하고, 저마다
한 해 걸이를 뽐내는 품이 한바탕 축제 마당 그대로거늘, 여기에 각종
문화 행사가 곁들이자 가을은 더욱 풍성하기 그지없다.

시인·소설가를 기리는 문학제도 그 중의 하나였다. 더구나 올해는
탄생 100주년을 맞는 시인·작가도 여럿 있다고 들었다. 지금부터 백
년 전이면 정확히 1900년대 초 그러니까 20세기가 새로 열리던 바로
그 즈음이다. 영웅은 시대와 함께 나고 자란다는 말이 있는데, 그래서
그런지 이 시기를 전후하여 태어난 시인·소설가들이 유난히 많은 것
도 우연의 일치는 아닌 것 같다. 그들의 나이 약관에 이 땅의 문학을

새로 열었고, 그리고 그들은 이후 일제 식민지 시대와 생애를 같이한
다.

나는 '채만식 문학제'에 하루 다녀왔다. 군산, 하고도 금강 하구언
에 채만식 문학관이 들어섰다. 축제는 생각보다 조촐했다. 오전에 문
학 강연을 하고, 오후에 청소년 백일장이 열린다. 올해 백 살 자신 채
만식은 죽어서나마 그렇게 고향 나들이를 다녀간 것이다. 잔치 뒤에는
온갖 소문이 무성한 법이다. 잔치를 하니 마니 우여곡절이 많았다고
한다. 친일 문제가 관건이었던 것 같다. 이웃 지방에서 계획되던 어떤
시인은 끝내 무산되고 말았다는 소문도 그 자리에서 들었다. 그러니
여기서는 잔치를 벌이는 것만도 다행 아닌가, 하는 위로의 뜻이 그 안
에 담겨 있는 것이다. 채만식 선생이 진짜 염려할 만한 친일이라면, 문
학제를 반대하는 것이 어쩌면 그를 기리는 일이 될지도 모른다. 그러
나 수십 년 전부터 이미 문학비를 건립하여 그의 문학을 예찬하고, 또

몇 년 전에는 문학관까지 건립하여 그의 문학을 기려 오던 주최 측에
서는 어느 날 하루아침에 직면하는 반대의 물살 앞에 여간 당혹스럽지
않았을 것이다.

하긴 그 동안의 문학제가 관습적인 문학 행사나 먹거리식 잔치를
통한 무조건적 추겨 세우기식의 잔치로 일관했던 것도 문제가 없는 것
은 아니다. 잔치일수록 행사보다는 내용이 알차야 된다. 특히 문학제
와 같이 시인·소설가의 정신세계를 다루는 잔치일수록 행사는 더욱
내용에 치중해야 할 것이다. 문제는 본질이다. 그런데 그 날은 그 본질
이 친일이냐, 아니냐에 있었다. 문학제는 치러도 그만 안 치러도 그만
이지만 친일은 했어도 그만 안 했어도 그만이 아닐 것이기 때문이다.
문학제는 먹거리 행사가 아니다. 그분 문학의 본질이 무엇인지 곰곰이
따져 보고, 기릴 것은 함께 기리고 버릴 것은 버리되 그것이 왜 그렇게
되었는지 깊은 반성을 통하여 훗날의 교훈을 삼는 자리가 되어야 할

것이다.

　찬성과 반대만 있는 것은 좋지 않다. 찬성과 반대가 부딪쳐 문학제가 없어지고 마는 세태는 더구나 좋지 않다. 찬성과 반대가 함께 만나야 한다. 그리고 열띤 공방전을 벌여야 한다. 그 토론의 장이 곧 문학제의 현장이 되어야 한다. 한 판 때려 먹고 노는 비문학의 행사가 아니라, 뭔가를 진지하게 논의하고 옥석을 가리는 자리, 문학제는 바로 그런 시간과 장소가 되어야 한다.

엄마야, 누나야

'엄마야, 누나야.' 이런 제목으로 단편소설을 한 편씩 써내라면 여러분은 어떻게 하겠는가. 이 제목을 처음 받았을 때 나는 김소월 선생의 멋진 시를 떠올렸다. 뜰에는 반짝이는 금모래 빛, 엄마랑 누나는 강변 살고. 그러나 지난 학기 내 창작 교실에서 만난 어떤 여학생은 딴판이었다. 내가 김소월 선생의 주변을 맴돌고 있는 동안 그는 엉뚱하게 한 아이의 엄마도 되고 누나도 되는 어떤 여인의 슬픈 운명을 떠올린 것이다.

여인은, 결혼은 하기 싫지만 아이는 하나 꼭 갖고 싶었다. 그래서 정자은행에 의탁하여 마침내 원하는 아이를 하나 얻었다. 자기 안에 어린 생명이 커 가고 있었다. 커 가는 아이가 너무 귀엽자, 엄마는 아이의 아빠가 누군지 알고 싶었다. 그래서 새로 태어날 아이에게 아버지가 누군지 알려주고 싶었다. 엄마는 다시 정자은행으로 갔다. 그리고 어렵사리 그 정체를 알아냈을 때, 그는 뜻밖에도 엄마인 자기 자신의 아버지인 것을 알았다. 어떻게 할 것인가. 이 아이는 자기 아기이지만 또 한편으로는 자기 아버지의 아기이기도 하다. 그렇다면 자기는 이 아기의 엄마이지만 또한 누나이기도 할 텐데, 이런 기막힌 운명을 어떻게 할 것인가. '엄마야 누나야'를 김소월이 노래하니까 그토록 멋진 시가 되더니, 나의 학생이 소설로 쓰니까 이건 피할 수 없는 한판 비극이었다.

어떻게 이런 기막힌 생각을 떠올렸을까.

발상법發想法을 묻기 전에, 나는 '소설'이 타고난 기막힌 운명을 실감한다. 한 아이의 엄마도 되고 누나도 된다는 이 슬픈 이야기는 그것이 단지 어떤 여인의 슬픈 운명일 뿐만 아니라 원래 소설의 운명이기도 하다. 엄마야, 누나야. 시는 그렇게 사랑스런 가족들 이름을 부르는 것으로 시가 되기도 한다. 그러나 소설은 이와 같이 작가가 엄마를 부르고 누나를 부르는 것으로 그만 소설이 되지는 못한다. 오히려 그렇게 불러야 할 작가는 어디론지 사라져 버리고, 그 대신 엄마도 되고 누나도 되는 어떤 여인이 그 안에 직접 들어 있어야 한다. 아니다. 그냥 들어 있어도 안 되고, 어떤 여인으로 하여금 그런 슬픈 운명을 직접 살아가게 해야 한다. 어떻게 하다가 그런 운명의 덫에 걸려들었는지 악마의 저주가 판을 치기도 하고, 어떻게 하면 그 운명을 극복할 수 있을지 문제를 향한 고뇌와 결단이 제시되기도 한다. 그것들은 아주 복잡하고도 기구한 생애이지만, 어차피 그런 운명을 담아내는 것이 소설이라면 이 또한 소설의 운명이 아닐 수 없다.

소설의 착상— 그 발상법을 배우고 가르칠 수 없다는 것은 창작론 수업이 직면하는 가장 난감한 문제 중의 하나이다. 소설은 이렇게 써라, 이렇게 하면 좋은 소설을 쓸 수 있다, 이런 소설이 좋은 소설이다, 라는 명제를 내걸고 나는 몇 시간이고 강의한다. 그러나 그 몇 시간을 다 듣고 나서도 결국 '그러니까 그런 생각을 처음에 어떻게 하면 떠올릴 수 있나요?' 라고 물어 오면 나는 황당하다. 정답이 전혀 없는 것은 아니다. 소설의 운명은 곧 인간의 운명과도 같다. 그러니까 소설 쓰는 일에 골몰하지 말고 먼저 사람 사는 일에 골몰하라는 말을 나는 주문한다. 소설을 엮느라고 고심하지 말고 사람 사는 일을 엮어 보라고 나는 당부한다. 귀신이 우리들 인간처럼 서서 걸어 다닌다고 생각되는 까닭은 우리가 다름 아닌 사람이기 때문에 그렇다고 한다. 만약에 개犬나 돼지豚더러 그들의 신을 그려보라고 하면 그들의 신도 아마 그들처럼 엉덩이에 꼬리가 달리고 네 발로 걸어 다니는 짐승이 될 거라는 말을 나는 어느 철학자한테서 들은 적이 있다. 네 발 달린 짐승은 그들이 짐승이기 때문에 짐승의 모습을 그린다. 인간은 우리가 인간인 한 인간의 모습을 그릴 수밖에 없는 것이다. 소설 쓰기도 사람이 하는 짓이다. 우리가 사람이니까 사람 사는 일을 그릴 수밖에. 그러니 소설에 매달리지 말고 사람 사는 일에 매달려 달라는 부탁이다.

그날 발표를 마치고 남은 시간 동안 나는 학생들 앞에서 밑도 끝도 없는 오이디푸스 이야기를 갖고 한바탕 더듬거렸다. 오이디푸스가 자기 어머니를 범하고 아버지를 죽인 범인이라는 걸 알았을 때, 그는 과연 어떻게 행동했던가. 그가 어떻게 행동하느냐에 따라 관객들은 그로부터 깊은 감동을 맛볼 수도 있지만 자칫하면 그를 외면할 수도 있는 장면이었다. 그때 오이디푸스는 스스로 눈을 찔러 자기 눈을 멀게 한다. 그리고 피 묻은 얼굴로 정처 없이 황야를 떠난다. 관객들은 마침내 안도의 한숨을 내쉰다. 그리고 그를 위해 한없이 울어 준다.

이것이 고대 희랍 사람들의 인간을 묻는 방법이었다. 자칫하면 진부해 보일지도 모를 이런 근친상간의 문제가 새 천년을 달리는 오늘의 창작 교실에 왜 다시 나타났을까. 첨단 과학이 개설한 정자은행은 또한 차례 인간에 대한 심각한 물음을 던지고 싶은 모양이다. 그래서 예나 지금이나 할 것 없이 문학은 영원하다고 말하는 것일까.

훨훨 타오르는 불길처럼

'첨탑尖塔이 저렇게도 높은데 어떻게 올라갈 수 있을까요.'

이런 시구詩句를 즐겨 읽던 시절이 있었습니다. 첨탑이 상징하는 세계를 발견한 사람만 첨탑의 높이를 재고 싶은 법입니다. 그것은 절망이 아니라 환희입니다.

소설 쓰기를 시작한 지 어언 이십 년이 넘었습니다. 쓰고 또 써도 제 문학의 첨탑은 아직 높기만 합니다. 이 또한 절망의 표현이 아님은 말할 것도 없습니다. 늘 새롭게 다가서는 문학 앞에 제가 발견하는 외경이요, 용기일 뿐입니다. 첨탑의 존재를 알고 나면 거기 오르고 싶어지듯, 저의 문학에 대한 열정도 다름 아닌 그 심대한 정신을 알기 때문입니다.

첨탑을 우러러보는 기쁨으로 '오영수 문학상'을 받습니다.

수상작 「험한 세상 다리 되어」는 한강의 성수대교가 무너지고 나서 쓴 작품입니다. 성수대교는 저의 다리이자 우리 모두의 다리였습니다. 허망하게도 그 다리가 자신의 널따란 강판 한 자락을 강물 위로 내려뜨리던 그날, 스스로 '아제아제 바라아제'를 포기해 버린 구도자의 절망을 저는 보았습니다. 세상을 건너자면 다리는 있어야 합니다.

제 문학의 출발은 항상 이렇게 시작됩니다. 그러나 제가 믿고 있는 높디높은 문학의 세계에 비하면, 제 안에서 일어나는 것들이란 오히려 아주 작고도 사소한 감정의 불씨에 지나지 않습니다. 불씨는 다만 문학적 충동일 뿐 그 자체가 곧 문학일 리는 없습니다. 이 작은 불씨가 다시 하나의 생명력 있는 불길로 타오를 때까지 저는 아주 끈질기고도 섬세한 부채질을 해야 합니다. 저에게 있어 문학이란, 이 사소한 불씨로부터 훨훨 타오르는 불길을 일으키기 위한 일종의 언어 행위라고 믿

습니다. 감히 정신 활동이란 말을 쓰지 못하는 점 용서 바랍니다. 작은
사랑이나마, 혹은 미움이나마, 그것이 저의 작은 불씨로부터 시작되어
다시 저의 언어로 살아 움직인다고 생각할 때 저에게는 여간 보람이
아닐 수 없습니다. 문학은 제가 건너야 할 다리이자, 누군가를 건네 줄
다리입니다.

살아생전에 단 한 번 오영수 선생님을 만나 뵌 적이 있습니다. 소설
지망생이던 제가 대학에 다닐 때였습니다. 따로 용건이 있었던 것은
아닙니다. 제 친구가 선생님을 뵈러 간다기에 그만 호기심에 따라 나
섰던 것이 서울 수유리 쌍문동 자택이었습니다. 그때 선생님을 처음
뵙고, 마치 수제화手製靴를 만들어 파는 신기료 장수처럼 혼자서 외롭
게 문학에 임하는 자세를 보았습니다. 그렇습니다. 공장에서 대량생산
된 기성품처럼, 문학은 그렇게 싸구려일 리가 없습니다. 어디까지나

정성이 담긴 값비싼 수제품일 것입니다. 선생님의 주옥 같은 단편들이 바로 그 점을 말해 줍니다.

감히 말하건대, 문학은 모름지기 그렇게 하는 것이라 믿고 저는 지금까지 소설을 써 왔습니다. 저는 저의 문학이 항상 음질 고운 악기의 떨림판처럼 정직하고도 투명하기를 희망합니다. 그리하여 뒤틀린 세상을 뒤틀린 언어로 맞서 보겠다는 전투력보다는, 그럴수록 세상의 뒤틀림이 저한테 와서 크게 울리고 정직하게 튕길 수 있기를 바랍니다. 세상은 제가 열고 제 안에서 열리는 것이 아니라는 걸 알고 있습니다. 제가 세상과 정직하게 만날 때 제 안에 작은 불씨가 일고, 그 불씨를 다시 제 힘으로 키워 하나의 불길로 훨훨 타오르게 할 때, 비로소 저의 문학은 이 세상에 존재하는 것입니다.

어려운 문학의 길에 들어서 도리어 그 문학으로 축복을 받다니, 이보다 더한 행운이 없습니다.

오늘 이 기쁜 자리를 마련해 주신 울산 매일신문사와의 운명 같은 인연을 잊지 못합니다. 또한 심사위원님들께도 이 자리를 빌려 뜨거운 인사를 드립니다. 보답하는 길은 오로지 좋은 작품 쓰는 것 한 가지임을 제 모를 리 없습니다. 감사합니다.

실비아 몰리나에 대한 기억

　'실비아 몰리나'가 실제로 그렇게 자신의 이름만큼이나 예쁜 소설을 썼는지는 알 수 없다. 실비아의 책을 받고도 나는 스페인어를 읽을 수가 없었기 때문이다.

　당신네 나라 글을 읽을 수 없어서 안타깝습니다만, 하여튼 고맙게 받겠습니다. ― 그 여자의 책을 받으며 나는 그렇게 말했었다. 그러나 이런 인사는 전혀 내가 만든 말이 아니고, 그 며칠 전 바로 그 여자한테서 배운 입에 바른 소리였다.

　실비아가 처음 나를 찾아와서 자신을 멕시코의 한 신문기자며 소설가라고 소개했을 때, 나는 그 여자한테 내 단편집을 한 권 주었었다. 그 때 실비아가 말했다. ― 내가 한국말을 읽을 수만 있다면 얼마나 좋을까요.

그 말이 나한테는 꽤 신경안정제와도 같은 역할을 해 주었던 모양이다. 실비아의 책을 받는 순간 나는 나도 모르게 그 말을 다시 써먹고 말았으니 말이다.

실비아는 그 때 정말 내 소설을 읽어보고 싶다는 듯 안타까운 표정이었는데, 솔직히 말해서 나는 별로 안타깝지 않았다. 그 쪽에서 내 소설을 읽을 수 없고, 내가 그 쪽의 소설을 읽어 낼 수 없으니, 어차피 서툰 소설가 둘이 만난 터에 이 얼마나 다행스런 문맹이던가. 세상에 말 못하는 벙어리 둘이 있어 몰래 사진으로만 펜팔을 주고받는다면, 이쯤 거짓 평화스러울 수 있을까?

그러나 곧 실비아는 신문 기자 쪽 신분으로 돌변하여 질문 공세를 퍼붓는다. 이 까만 눈동자의 낯선 사내가 그녀한테는 어지간히도 궁금했던 모양이다. 어차피 모르는 데서부터 시작된 물음이란, 꼭이 질문을 던져서만 풀리는 건 아니었다. 질문을 당함으로써 저쪽이 무슨 생각을 하고 있나를 확인할 때, 나는 어느덧 내 물음의 실마리를 찾을 수 있었다.

영어로 물어 오는 실비아의 궁금증이란 대충 이런 것이었다.

너는 소설을 몇 편이나 썼느냐. 그것들은 주로 무엇에 대하여 썼느냐. 네가 바라는 생의 기대는 뭐냐? 그리고, 가족이라는 문제에 대하여 어떻게 생각하느냐. 혹은 사랑과 평화와 사회에 대해서는 어떤가. 그렇다면 너의 문학은 그 전통의 어디쯤에 섰다고 말할 수 있느냐.

물론, 실비아가 정답을 요구하는 질문은 아니었으니까 우리는 편한 마음으로 대화할 수 있었다. 그래선지, 이런 물음에 대하여 내가 어떤 식으로 대답을 했던지 조차 별로 기억이 나질 않는데, 그보다는 그 순간의 내 관심이 답변 그 자체보다도 오히려 실비아의 물음이 어떤 성질의 것인가에 더 관심을 쏟고 있었기 때문이었을 것이다.

실비아는 전혀 엉뚱한 것을 물어 오지 않았다. 그래서 똑 떨어지는 대답을 그 여자에게 주었다는 말이 아니라, 그만큼 우리들이 늘 생각하고 추구하던 문제에 실비아도 함께 접근하고 싶어 하더라는 뜻이다.

낯선 나라의 한 소설가한테서, 그래서 한편 호기심을 불러일으킬 뻔도 했던 문학에의 물음들 가운데서, 문득 공통과 보편을 확인할 때, 그것은 평범함이 아니라 오히려 또 다른 깨달음이었다.

이쯤에서 나는 다시 실비아의 문맹을 틈타 내 소설 '은장도와 트럼펫'에 대한 자화자찬의 기회를 노린다. 내 '은장도'가 한국적인 것이라면 내 '트럼펫'은 서구적인 것의 상징이다. 내 은장도가 여성적이라면 내 트럼펫은 남성적이요, 내 은장도가 소박한 목질성이라면 내 트럼펫은 화려한 금속성이요, 내 은장도가 소형이라면 내 트럼펫은 대형이요, 그래서 내 은장도가 옷섶 안에 품는 것이라면 내 트럼펫은 언제나 하늘을 향해 내뿜는 것이라고, 내 소설집 제목을 짚어 가며 애써 그

뜻풀이를 강조할 때, 어차피 실비아는 우리 한글을 읽기는커녕 내 짧은 영어 발음조차 알아듣기 어려웠을 판이니, 다만 내 기고만장에 고개를 끄덕이던 그 여자의 심중이 지금도 궁금할 뿐이다.

실비아의 정답 없는 물음들로부터 내 비껴 지나가는 오답에 이르기까지, 지구촌에 항존하는 문학의 정체를 우리는 그렇게 읽고 있었다.

늦은 봄의 화신花信

　그 방에 계시오, 여보? 그렇군요. 나 지금 내 서재에 있는데, 쓰던 편지 마자 쓰고 건너갈 테니까 당신 먼저 커튼을 내리시구려. 잡지사에서 해묵은 내 연애편지를 공개해 달라는군요. 그래서 아까 당신한테 부탁을 했던 것인데 좀 부끄러우면 어떻소? 편지는 원래 받은 사람이 갖고 있는 법 아닌가요? 보관하고 있는 것 가운데 아무거나 한 편만 골라 주시면 오늘 내 원고지 앞에 이렇듯 궁색하지는 않을 텐데. 연애편지는커녕 그냥 편지 한 통도 나한테는 받아 본 적이 없다구요? 여보, 내가 그렇게도 편지를 안 썼던가? 당신 내 용돈 거절할 때처럼 오늘 괜히 내 앞에 차고 쌀쌀해지고 싶어서 그러는 거 아니오? 다른 것도 아니고 고작 해묵은 연애편지 한 통 꺼내 달라는데 이건 너무 심하시군요. 편지도 그게 어디 그냥 편지인가요. 편지 하고도 연애라니 말만 들어도 이 얼마나 가슴 설레고도 애틋한 이름이오. 그래도 없는 건없는 거니까, 정 그렇다면 나한테 보관되어 있는 거나 한 통 갖다 주라구요? 당신도 참 오늘 억지 많이 부리시는군요. 당신이야말로 언제 나한테 편지 보낸 적 있었소? 나야말로 받은 편지가 있어야 보관도 하든지 말든지 하지, 당신이 보낸 편지가 없는데 내게 무슨 보관된 편지가있단 말이오? 그러니 이건 너무 심했던 거 아니오? 맘에 있는 사랑 대놓고 털어놓지 못할 때 남들은 편지도 쓰고 그런다는데, 당신 살아가는 동안 나한테 그렇게도 할 말이 없었단 말이오? 그렇겠지요. 당신차갑고 웅숭깊기가 원래 겨울 바다 같은 사람이니까, 내 그래서 당신늘 섭섭했다는 거 아니오. 당신, 차고 섭섭하다는 거 오늘 말 나온 김에 내 다 말 하리다. 지난 해 겨울, 당신 느닷없이 백양사로 떠났었지요? 난생 처음 산사를 찾는 일이라며 혼자서 마음 들떠 하는데, 그래도 갈 수 있을까, 나는 말리고 싶었답니다. 아이들이며 나 핑계 대면서 당신 평생 동안 집안에만 틀어박혀 지내던 사람 아니오? 그런 사람이 어떻게 다 뿌리치고 훌쩍 떠날 수 있을까, 나는 못 갈 줄 알았었지요. 출발하는 그날은 유난히도 눈이 많이 내렸습니다. 그래도 당신 새벽 기차를 타겠다며 혼자서 어둠 속을 헤쳐 나갑디다. 밤새 내린 눈으로 길은 푹푹 빠지지, 그것도 모자라 눈발은 아직도 펑펑 내려 퍼붓는데, 전철역까지나마 데려다 주겠다는 나의 성의도 뿌리친 채 혼자서 씽씽 걸어 나가는 모습이 어찌나 활기차고 자신 있어 보이던지, 그날 대문 간에 서서 홀로 당신을 지켜보는 내 마음이 어떤 것이었는지 알기나 하오? 아, 저렇게도 가는 것이구나. 무엇이 그토록 당신을 끌어당기는 힘이 있어서 당신은 저렇듯 홀로 어둠 속을 내닫는 것일까. 그러면서 당장 섭섭한 마음이 듭디다. 백양사는 여러 날 눈 속에 파묻혔다는 뉴스뿐이었습니다. 그런 당신이 나는 무사히 도착을 한 것인지, 가다가 무슨 어려운 일이나 겪지를 않았는지, 아무리 걱정을 해도 당신은 전화 한 통을 걸어 주지 않았습니다. 갔으면 가서 잘 지내고 있는지, 두고 간 가족들이 궁금하지나 않는지 도대체가 전화 한 통 걸 줄을 모르는, 당신이 바로 그런 사람이라는 거 여보 알기나 하오? 네? 그런 섭섭함이라면 당신인들 왜 없겠냐고? 또 내 말 하시려고? 안됩니다. 당신 반격해 오기 전에 나 이 편지 그만 여기서 줄이겠습니다. 여보, 뭘 하시오? 혼자서 불경을 읽고 계시다구요? 불경은 내일 읽어도 되지 않소? 그만 커튼을 내리시고 좋은 꿈꾸도록 하시오. 꿈은 되도록 내 꿈을 꾸어 주도록 부탁드리오. 나도 당신 꿈꾸도록 노력하리다. 남편.

여백의 답신答信

 늦은 봄에 띄우신 당신 글월 잘 읽었습니다. 평소에 짐작으로만 가늠하고 살던 당신 마음 글로나마 확인할 수 있어 기뻤습니다만, 그래도 그런 집안일은 우리끼리만 알고 묻어 둘 것이지, 뭘 그까짓 걸 다 만천하에 공개하나 싶은 생각이 들자 조금은 허탈하기도 했습니다. 당신, 평생 동안 나한테 편지 한 통 안 보냈다는 그 말은 취소되어야 할 부분입니다. 내가 당신한테서 편지 한 통 받은 적이 없다는 그 말은 그것이 연애편지가 아니었다는 말이지 그냥 편지조차 없다는 말은 아니었으니까요. 편지란 원래 보낸 사람이 더 잘 아는 법이니까 당신이 그걸 망각했을 리는 없겠지요. 우리가 처음 서울로 발령을 받았을 때였습니다. 당신이 먼저 상경하여 서울 살림을 시작하고 뒤미처 내가 이

삿짐을 꾸려 갖고 올라가야 할 그럴 때가 있지 않았습니까? 그때 짐 꾸리는 문제를 두고 당신이 나한테 편지를 보내 왔는데, 그 편지에 글쎄 당신 뭐랬는지 기억하세요? ※ 여보, 고생이 많구료. 다음 사항을 참조하시어 짐을 꾸리면 이사하는데 별 문제가 없을 것입니다. ① 책은 손으로 들 수 있도록 덩치를 작게 하여 묶고, 서류 봉투는 반드시 박스에 담을 것. ② 잡지는 호수에 맞춰 순서대로 묶을 것 ③ 서랍은 따로 빼서 묶고……. 당신 워낙 꼼꼼하니까 하란 대로 해서 이사는 차질 없이 마쳤지만, 지금 생각하면 할수록 당신 너무 심했다는 생각을 피할 수가 없는 건 사실이랍니다. 좀 정답게, 수고하는 내 마음을 조금이나마 어루만져 주면 당신 어디 다칠까 봐서요? 그건 그렇더라도 여보, 부부는 살면서 서로 닮는다더니 편지도 닮나 봅니다. 당신 그 메마른 편지, 밉네 곱네 하면서 투정하다 보니 그만 그 편지 나도 모르게 어느덧 닮아 버렸지 뭐예요? 백양사 동안거 건 말인데요, 그 건에 대해서도 약간 이견이 있는 것 같아 여기 당신 식으로 몇 마디 적어 보낼까 합니다. ※ 산사에 들어 속세와 연락을 주고받는다는 건 부처님 뜻에 어긋나는 일이오니, 다음 사항을 참조하여 읽어 주시기 바랍니다. ① 그 날 가로등 불빛 아래 눈을 맞고 서 있는 당신 모습 나도 보았음. ② 부처님 앞에 당신과 아이들이 보고 싶어 자칫 불심이 흐려질 뻔하였음. ③ 이하 여백은 당신을 향한 내 마음의 표현이오니 가능한 한 넓게 비워 두기로 함. 아내.

내 안의 부처

가을이 가기 전에 도심의 산책을 즐기자. 지난 가을 어느 날, 우리는 출판회관 앞에서 만났고, 경복궁 돌담길을 걸었고, 그 어디 절간을 기웃거렸고, 꽁보리밥을 먹었고, 삼청 공원을 걸었고, 어둠이 내리기를 기다려 커피도 한 잔씩 마셨다. 그날, 분위기에 휩쓸려 우리 어디론가 주말여행이라도 다녀오자는 말이 나왔고, 내가 순천 송광사를 제안했었다.

순천 송광사는 아내가 늘 외던 곳이다. 하안거夏安居 때면 하안거에 들고 싶고, 동안거冬安居 때면 동안거에 들고 싶고, 그러면서도 생활에 붙잡혀 송광사는 아내에게 먼 동경의 세계로 남아 있었다. 너는 종교를 가졌느냐? 아니다. 없다. 부인도 종교가 없느냐? 아니다, 있다. 그게 뭐냐? 불교다. 최근 아내의 불교에 대해서라면 나는 이만큼까지 자신 있게 말할 정도가 되었다. 이런 불심이 아내로 하여금 송광사를 찾고 싶도록 자극했을 것이고, 또 그 때문에 내가 선뜻 송광사를 제안하기도 했을 것이다.

송광사에 가면 법흥法興 스님이 계시다. 송광사에 가기로 한 날 나는 오랜만에 기억 속의 법흥 스님을 찾아낸다. 아내와 함께 송광사에 가서 법흥 스님을 뵙기로 하자. 숨겨 둔 애인처럼, 아내도 모르는 스님을 내가 알고 있다는 걸 알면 아내 앞에 내가 얼마나 자랑스러울까. 나는 자꾸만 말하고 싶었지만, 그래도 가는 날까지는 절대로 말하지 않기로 한다.

사실은 나는 법홍 스님을 잘 모른다. 그러니 스님이 나를 알고 계실 리는 더구나 만무하다. 거기 송광사에 그런 스님이 계실 거라는 걸 나는 다만 옛 기억으로만 믿고 있을 뿐이다. 스님은 우리 대학교 같은 학과의 옛 선배님이시라고 들었다. 대학을 졸업하자, 뜻하는 바가 있어

곧 입산을 했다고 한다. 삼십 년 전쯤 우리 연구실 복도에서 딱 한 차례 스님을 뵌 적은 있었다. 모교랍시고 학교를 방문했던 모양인데 아무도 안 계시니까, 그때 학과 조교 일을 보고 있던 나에게 이런저런 자기 소개를 하고 간 적이 있었다. 송광사의 법흥 스님은 그렇게 내 안에 남아 있는 오래 전 기억의 토막일 뿐이다.

그리고 오늘 나는 마침내 송광사에 간다. 호남선 고속도로를 타고 광주를 지나 일직선으로 달리자 오후 세 시쯤은 순천 송광사 초입이었다. 길가의 나무들은 앙상하게 헐벗었고, 날씨는 음산했고, 인적은 드물었다. 우리는 걸어서 본전 뜰 안으로 들어갔다. 꿈결처럼 아기자기한 겨울 배롱나무 한 그루가 얽힌 듯 설킨 듯 몸을 꼬고 서 있었다.

이제 어떻게 하나? 법당 앞 토방 위에 젊은 스님이 한 분 서 계신다. 나는 다가가 법흥 스님을 여쭙는다.

"큰스님이요?"

젊은 스님은 내가 누군지도 묻지 않고 따라오라며 선선히 앞장서 앞마당을 걷질러 간다.

"누구신데?"

아내가 눈이 동그래지며 내·뒤를 따라붙는다.

"응, 계셔. 법흥이라고. 큰스님이시지."

"큰스님을요? 알아요?"

"조금."

우리는 낮은 기와지붕들이 옹기종기 이미를 맞대고 있는 집들 사이로 미로처럼 찾아 들어간다.

법흥 스님은 목우산방牧牛山房에 거처하신다고 한다. 산방山房으로 가는 길 담장 너머로 겨울 홍시 몇 점이 붉게 물들어 있었다.

그리고 그 순간 나는 내 가슴이 두방망이질 치는 것을 느낀다. 노스님을 만나서 무슨 말을 하지? 괜히 아내 앞에 기를 세우고 싶어서 그랬던 것뿐인데, 만나 주시기나 할까? 나는 덜컥 겁을 낸다. 설령 만나 주신다고 하더라도 말이야, 더구나 아내가 보지 않는 데서라면 몰라도 말이야, 잔뜩 호기심을 갖고 지켜볼 텐데, 그런 아내 앞에서 내가 감히 어떻게 생부처를 만날 수가 있단 말인가.

널빤지 다리를 건너자 목우산방으로 들어가는 큰 대문이 나온다. 뱁새 둥지처럼 뻥 뚫린 구멍 속으로 스님은 팔뚝을 걷어 빗장을 풀고, 우리는 기웃거리며 안으로 들어선다. 댓돌 위에 새하얀 고무신이 한 켤레, 그리고 그 옆으로 나란히 검은 고무신 한 켤레가 있었던가, 없었던가.

"노스님 계시옵니까? 밖에 손님이 와 계십니다."

젊은 스님은 서너 차례 큰스님을 불러 밖에 손님이 와 있음을 알리지만, 안에서는 그저 잠잠할 뿐 아무런 응답이 없다. 이윽고 맞은편 요사채 쪽에서 들려오는 소리.

"큰스님은 오늘 광주에 출타하시고 안 계십니다."

돌아보니 반만 상체를 내민 동자 스님이 후딱 말씀만 던져두고 방
문을 닫아 버린다.

이제 어떻게 하지? 나는 내 명함을 건네주며 다녀간 흔적을 남기고
싶어 하는데,

"그건, 여기 이렇게 꽂아 두면 됩니다."

스님은 또 내가 누구인지를 묻지 않은 채 거기 문 틈새로 내 명함을
꽂아 넣고는 그뿐이다.

안심이랄까, 다행이랄까, 돌아서 나오는 마음이 왠지 편안하기만
하다. 아내한테 뽐낼 것 다 뽐내고, 그리고도 어려운 면접시험을 치르
지 않아도 되었으니, 세상에 이런 곱빼기 장사가 어디 있단 말인가.

산문山門을 들고날 때는 두 번 개울을 건너야 한다. 첫 번째 돌다리
를 지나 두 번째 아치형 터널을 건너다 말고 아내는 못내 아쉬움을 참
지 못하고 묻는다.

“섭섭해 하시지 않을까?”

“누가?”

나는 뻔히 다 아는 물음을 또 그렇게 묻고,

“법흥 스님 말예요. 여기까지 왔다가 못 뵙고 간 줄을 알면 얼마나 섭섭해 하시겠어요?”

아내는 아직도 법흥과 내가 제법 그럴듯한 사이인 줄을 아는 모양인데,

“인연이 아닌가 보지 뭐.”

어럽쇼! 이제는 어느새 부처님 흉내까지? 나는 나도 모르는 새에 내 안의 속俗이 보여 흠칫 놀란다.

“그래요. 인연이 아니라면 할 수 없죠.”

문득 한숨 섞인 소리에 놀라 돌아보는데, 아내의 시선은 뜻밖에도 하늘 닿게 높은 곳을 향해 있었다.

칠월의 손님

7월은 「청포도」를 읽는 계절이다. '이 마을 전설이 주저리주저리 열리고, 먼 데 하늘이 꿈꾸며 알알이 들어와 박힌다'는 7월 말이다.

「청포도」의 시인 이육사는 또한 「광야」의 시인이기도 하다. 「광야」가 지금 '눈 내리고 매화 향기 홀로 아득한' 겨울의 시라면, 청포도는 여름의 시다.

흔히 알기를, 여름은 이글거리는 태양과 함께 만물이 생동하는 계절이고, 겨울은 안으로 침잠하는 휴면의 계절로 되어 있다. 그러나 육사는 다르다. 광야의 그 힘차고도 역동적인 겨울에 비해, 청포도의 여름은 어쩌면 산뜻하면서도 사색적이까지 하다. 겨울이 정중동靜中動이라면, 여름은 동중정動中靜이라고나 할까.

7월은 뛰고 부대끼는 여름 가운데서도 특히 생각을 담고 있는 달이다. 마라톤 코스에 비한다면 7월은 흡사 반환점 같은 달이기도 하다.

반환점을 돌아서는 선수의 발걸음엔 가속이 붙는다. 그의 이마에는 구슬땀이 흐르고, 목은 갈증으로 타고, 숨은 가쁘다.

그런가 하면 그의 생각은 오히려 차분하다. 처음 스타트라인에 섰을 때처럼 흥분되어 가슴 떨리지도 않고, 라스트 라인이 임박할 때처럼 좌절하거나 환호하지도 않는다. 레이스를 달리는 동안 줄곧 무슨 생각을 했느냐고, 어느 우승자에게 묻는 말을 들은 적이 있다. 그는 대답했다. 사랑하는 애인을 생각했노라고.

7월은 바로 그런 달이다. 한 해를 맞던 새봄의 아기자기한 계획도, 다시 한 해를 보내는 승패의 결과도 지금은 생각할 때가 아니다. 7월의 선수는 그저 달릴 뿐이다.

달리는 선수는 승부에 집착하지 않는다. 눈 내리는 겨울에 '백마 타고 오는 초인'을 기다리듯, 이글거리는 태양 아래 「청포도」를 노래하 듯, 달리는 선수는 사랑스런 연인을 떠올릴 수 있다. 이른바, 몰입의 시간이요, 무아지경이다.

일에 열중할수록 생각이 맑아진다는 말도 아마 이를 두고 나온 말일 것이다. 일을 통해 일의 괴로움에서 벗어날 수 있고, 일을 통해 일의 즐거움을 찾는다는 말이 그러고 보면 너무 맞는 말이다.

나처럼 학교 선생인 사람에게 7월은 유난히 생각이 많은 계절이다. 소설을 쓰는 일이 하나 더 있기는 하지만, 그것은 내가 좋아서 시작한 일이고, 또 그것으로 아직 내 생계를 꾸려 나간 적이 없기 때문에 나는 나의 소설 쓰기를 감히 내 생업이라고 말하지 못한다.

세상은 싫어도 해야 되는 일이 있고, 하고 싶어도 뜻대로 되지 않는 일이 있었다. 그게 바로 생업과 생업 아닌 것의 차이가 아닐까 한다. 지금 당장 소설 쓰는 일과 소설 가르치는 일이 동시에 밀어닥친다면,

나는 당연히 소설 가르치는 일을 먼저 처리해야 한다. 그게 내 생업이
다.

대학에서의 6월은 종강終講의 달이다. 종강의 달은 바쁘기 그지없
다. 6월은 그래서 강의를 끝내는 달이지만, 다음 시작을 준비하는 달
이기도 하다. 산더미처럼 쌓인 리포트를 점검하고, 기말 고사를 치르
고, 채점하여 성적을 내고, 또 대학원 논문을 지도하여 제출하고, 심사
하고, 그런가 하면 또 다음 학기 신입생을 위한 입시 준비를 해야 하
고, 그러다 보면 어느새 7월이 임박한 것이다.

2박 3일의 여행을 떠나 본 사람은 알 것이다. 첫날은 떠남을 위한 준
비 때문에 바쁘기만 하다가 그냥 하루가 가고, 끝날은 다시 돌아와야
한다는 비애 때문에 그만 또 허탈하게 하루가 가고, 정작 신나던 날은
그 가운데 날 하루뿐이던 아쉽고도 짧짤하던 기억을.

대학에서의 7월은 바로 그 2박 3일 휴가 동안의 가운데 날 같은 달

이다.

북적대던 학생들이 뿔뿔이 집으로 돌아가고 나면, 7월의 교정은 문득 절간처럼 고요해진다. 교정의 나무들은 유난히 푸름을 토하고, 툭 터진 하늘과 함께 연구실의 묵은 바람 속에서도 책 냄새가 풍기기 시작한다. 그러면 나는 비로소 방금 전환점을 돌아 나오는 마라톤 선수처럼 숨 가쁜 질주 속에서나마 먼 전설 속의 그리움 같은 것들과 만나는 것이다. 그 7월의 문 앞에 선 나는 지금 '고달픈 손님'이다.

연필로 그린 봄

　헤어진 사람의 모습은 어디로 가고, 그를 만나던 장면만 그림처럼 떠오르는 때가 있다. 초등학교 때 배운 구구법은 기억하면서도, 그것을 가르쳐준 선생님은 까맣게 잊어버리고 산다. 구구법뿐만이 아니라, 그것을 배울 때의 장면까지도 나는 생생하게 기억한다. 2×1=2, 2×2=4가 칠판 위에 가지런히 줄을 맞춰 서 있었다. '이이는 사, 이삼은 육'을 우리는 가락에 맞춰 따라 불렀다. 하루에 다 외지 못하고 며칠이 더 걸렸던 것으로 기억된다. 먼저 왼 사람만 집에 가고, 나머지는 다 욀 때까지 교실에 남아야 했던 기억도 난다. 다행히 먼저 왼 축에 끼어, 뒤에 처진 친구들 앞에서 우쭐대던 기억이 지금도 낯간지럽다. 그러나 그때 어떤 선생님한테 그걸 배웠던지, 나는 그것을 알 수가 없

다. 여자 선생님이었던지, 남자 선생님이었던지, 그것조차 기억이 안
난다. 칠판에 적힌 숫자를 짚어 가던 회초리까지도 기억이 나는데, 거
기 서 계셨음에 틀림없었을 선생님은 왜 머리에 떠오르질 않는지 사람
은 사람끼리 어울려 산다지만, 어쩌면 사람은 잠시 거쳐 가는 그림자
일 뿐, 실제로는 연극의 무대 같은 하나의 장면을 살고 있는 것인지도
모른다.

　봄은 봄인데, 연필로 그린 그림처럼 색깔이 없는 봄을 한철 경험한
적이 있다. 지금은 얼굴조차 기억할 수 없는 어떤 여자와 맞선이란 걸
보았다. 그 여자를 직접 만나고 다닐 때는 몰랐다. 헤어지고 나자, 그
것은 하나의 구체적인 장면으로 떠올랐는데, 왜 그 여자의 얼굴 모습
은 어디로 가고, 그 여자를 만나던 장면만 삭막한 그림처럼 남게 되었
는지를 모르겠다. 우리는 서로 결혼을 할 수 있는가를 신중하게 타진
해 갔다. 게임 전의 배구 선수들처럼, 우리는 각각 상대방을 향해 작은

공을 하나씩 띄우기 시작했다. 그리고 그 공이 다시는 땅에 떨어지지 않고 우리들의 손끝에서만 놀기를 바라며 하늘 높이 띄우기를 계속하였다. 그때 나는 나의 가슴속에 눈금도 없는 자尺를 하나 품고 있었던 것 같다. 그리고 틈만 생기면 그것을 꺼내어 몰래 상대방을 재어 보곤 하던 기억이 난다. 마찬가지로 그 여자도 나 몰래 저울대 없는 저울을 하나 갖고 있었던 것 같다. 문득문득 내가 그 여자의 저울대 위에 올려진 것 같아서 당황하곤 하던 기억이 난다.

삼월이 임박해 오고 있었다. 회색의 겨울이 밀려가는 거리에 서서 우리는 봄을 기다리듯 버스를 기다렸다. 버스를 기다리는 동안 바람은 아직 까칠했고, 그래서 더욱 어깨를 움츠려야 했던 기억도 난다. 그리고 우리는 다방의 구석 자리에 앉기를 좋아했었다.

이번에 우리 조카가 초등학교에 들어가요. 그 여자는 말했다. 초등학교에 들어가는 아이를 보면 괜히 마음이 아파요.

그건 왜죠?

이제 시험이 시작되는구나, 싶으니까요.

나는 어느새 어떤 아지 못할 어둠의 깊이를 재기 시작한다. 이제 막 배움의 길을 여는 조카한테서, 그리고 그때 처음 결혼을 마련하는 우리들만의 긴장된 자리에서, 그 여자는 왜 하필이면 그런 가슴 아픈 애기밖에 할 수가 없었던 것일까. 리얼리스트답게, 그 여자는 현실을 응시할 줄 아는 차가운 이성이 있었고, 그러나 리얼리스트답게 그 여자는 어느덧 그 여자의 온몸에 어두운 그늘을 드리우고 있었다. 그리고 우리는 다시 만나지 못한다. 연필로 그린 그림처럼, 그것은 하나의 삭막한 장면일 뿐, 그 안에 이미 그 여자의 얼굴은 사라진 지 오래였다. 다시 채색된 봄을 맞기까지는 약간의 시간이 필요했다. 그리고 나는 내 아내를 만난 것이다.

물새 알 섬새 알

물새 알이 물 위에 떠 있다는 걸 안 지는 얼마 되지 않는다. 신안 앞바다가 고향이라는 학생 하나가 신나게 어릴 적 이야기를 하고 있었다. "물새 알이 수없이 물 위에 떠 갈 때 있잖아요?" 하고 내게 동의를 구해 왔을 때 나는 얼른 응수하지 못했었다. 몰라서도 그랬지만, "아, 물새는 물 위에다 알을 낳는가 보구나." 대오 각성을 하느라고 응수할 짬이 없었다. 이제 물새 알이 물 위에 떠 있다는 것까지는 알겠다. 그러나 하나를 알고 나니 둘을 모르겠다. 물새가 처음부터 물 위에 알을 낳는 것인지도 모르겠고, 그 알이 어떻게 물 위에서 부화를 하는 것인지는 더욱 궁금하다. 아무 것도 모르는 채 다만, 바다에 떠 있을 수없이 많은 물새 알들의 외롭고 위험한 삶이 가슴에 와 닿는다.

“선생님?”

“왜?”

“연애 이야기 좀 들려주세요.”

“그런 거 없다.”

“선생님이 연애나 할 줄 알간디요?”

그러나 있다. 이야기해 줄까, 말까.

“여름에 울릉도엘 갔었지.”

“언제요?”

“학생 때.”

“놀러요?”

“언어 민속 조사 차.”

“여학생들이랑요?”

“지도교수랑.”

"재미 없었겠다."

"지도교수가 더 재미없어 하더라."

"왜요?"

"학생들이랑 같이 가니까."

"학생들이 뭘, 어쨌길래요?"

"선생님, 연애할 때 얘기 좀 들려주세요, 그때 나도 그랬거든."

"아, 재미없다."

"재미 없지?"

울릉도에서의 마지막 날 밤이었다. 친구들이 서울 가서 줄 선물을 사러 나가자고 했다. 나는 나의 오드리 헵번한테 울릉도 오징어를 사다 주고 싶었다. 나의 오드리 헵번은 오징어를 좋아했다. 피카디리 극장에서 창신동 자기 집까지 그 머나먼 밤길을 그 여자는 잘강잘강 오징어를 씹으면서 걸었다. 오징어처럼 질긴 여자.

"어떡허믄 좋지?"

그녀의 집 불 켜진 창문이 바라다 보이는 골목에 서면 그녀는 묻는다.

"또 그 말 하려고?"

나는 안다. 우리, 그만 만나자는 말이 하고 싶어서 그녀는 그럴 것이다.

그래, 또 만나 줄 수는 있어. 그렇지만, 이게 바로 우리들의 사랑이라고 믿지는 마.

그녀가 그녀의 집 대문을 두드리는 동안 나는 그녀의 등 뒤에 서 있었고, 그러나 문이 열리면 나는 늘 혼자 내팽개쳐진 상태였다. 청량리 나의 자취방까지를 나는 다시 혼자 걸어야만 했다. 씹어도 씹어도 자꾸만 씹고 싶은 오징어는 그것이 맛이 있어서만이 아니다. 오징어는 계속 오래 씹게 되어 있다. 혓바늘이 서고 아래턱뼈가 뻐근하도록 씹

어도 더 씹지 않으면 목구멍에서 쓴 내가 난다. 쓴 내가 싫어서 쓴 내
를 지우려고 계속 씹어야 한다. 오징어를 씹듯 오징어처럼 질긴 나의
오드리 헵번을 오래오래 씹어 먹고 싶던 시절이었다.

　울릉도의 밤길을 떠듬거리며 오징어 파는 집을 찾아 나섰다. 동해
바다의 밤풍경은 휘황찬란한 불야성을 이루고 있었다. 날이 어둡자 진
군해 들어가는 군사들처럼 오징어잡이 배들이 일제히 불을 밝히고 밤
바다로 나간 것이다. 성난 산불처럼 타오르는 바다를 내려다보면서 우
리들은 언덕 꼭대기까지 올라갔다. 발에 이슬이 채었다. 바다 위의 불
야성과는 달리 언덕 위의 집들은 불을 끈 채 잠들어 있었다. 섬사람들
은 대개 교대로 잠을 잔다. 남편들이 바다로 나가 고기잡이를 하는 저
녁 동안 아내들은 잠을 잔다. 그리고 오징어 배가 들어오는 새벽에 잠
을 깬다. 남편들이 건져 온 오징어를 그네들이 손질하여 말리는 데 또
하루가 걸린다.

겨우 오징어를 살 만한 곳을 한 군데 찾아냈다. 소나무가 서 있는 언덕바지에 불이 켜져 있길래 가까이 가 보았더니, 공사장의 현장 사무소 같은 군용 천막이 한 채 쳐져 있었다.

"오징어 좀 파세요."

물어볼 것도 없이 우리는 안에다 대고 외쳤다. 거기서 우리는 한 여인을 만난다.

"이곳 사람들은 오징어를 잇까라고 부른답니다."

여자는 상냥하고 친절했다. 그 여자한테서 나는 나의 오드리 헵번에게 바칠 오징어 한 축을 샀다.

"저도 서울이에요."

여자가 말했다.

"서울 어디?"

"북창동."

'북창동?'

우리들 가운데 북창동을 모르는 사람은 없었다. 그것은 서울역 앞에 있었고, 서울역 앞에는 양동이 있었다. 누군가 한 녀석이 킬킬거리며 웃고 싶어 했다. 입대하기 전에는 종삼에서, 그리고 첫 휴가 때는 양동에서, 그리고 이튿날 아침에는 북창동 골목에서 해장국을 먹었었다. 울릉도에서 북창동 여자를 만난 것은 뜻밖이었다. 이상한 일이었다. 남들은 시골에 살다가도 걸핏하면 서울로들 올라오는 판인데, 이 여자는 왜 서울을 떠나 이 외딴 섬에 와 있는 것일까.

"처음부터 아주 이리루 시집을 오셨나요?"

"아니에요. 우리 그이도 서울예요."

여자는 역시 상냥하고 친절했다.

"아아, 이리루 일자리를 찾아 오셨나 보군요?"

"일자리는요? 서울서도 우리 그인 부자랍니다."

여자가 불빛 속에서 환하게 웃고 있었다.

"울릉도가 좋아서요?"

"우리 그이 집에서 나를 너무 반대했거든요. 할 수 없었어요. 집을 나오는 수밖에. 어설프죠? 하지만 서울 부럽잖아요. 열심히 사니까요."

세상에 이 여자를 이토록 자랑스럽게 만드는 힘은 무엇일까, 나는 턱도 없이 이 여자의 남편이라는 남자가 궁금해진다.

"어디 갔지요?"

"밤바다에 나갔지요."

고기잡이 나갔다는 말을 그 여자는 그렇게 말하고 있었다.

그리고 나는 아직 울릉도에 가지 못하였다. 지금도 거기 그렇게 천막을 치고 살지는 않겠지만 눈을 감고 먼 바다를 생각할 때마다 거기 울릉도의 서울 여자는 그렇게 세상에서 가장 행복한 사랑의 기억으로 살아 있는 것이다.

사월의 이야기

내 사월의 이야기는 좀 청승맞다.

밤이면 소쩍새 울어대고, 찬바람 옷섶을 파고들던 내 유년의 기억 한 토막이 지금은 전설처럼 가슴 언저리를 맴돌기 때문이다.

그 소녀는 거지였다. 단발머리였고, 어두운 색깔의 치마저고리를 걸쳤고, 맨발이었던 것으로 기억된다.

벌판 너머로 집 앞에서 빤히 내다뵈는 언덕바지에 낡은 오두막집이 한 채 있었다. 소녀는 그 집에서 병든 아버지와 함께 살고 있다고 한다. 어머니는 돌아가시고 없었다.

그 너머 훨씬 먼 곳에 김제 읍내가 있었다. 그쯤 어디선가 늘 기적 소리 같은 것이 들려왔다. 기적 소리와 함께 하늘 높이 솜털 같은 뭉게구름이 피어올랐다. 눈앞에 보이는 풍경치고는 직접 가 볼 수 없는 가장 먼 풍경이었다.

언덕바지 오두막집까지는 뱀처럼 꾸불꾸불하게 신작로가 나 있었다. 신작로를 따라 마을 사람들은 읍내로 나들곤 한다. 길은 황토배기 외길, 햇살 뜨거운 여름날이면 반짝 사금파리의 섬광이 빛나기도 했다.

거지 소녀는 그 길을 타고 마을로 내려왔다. 아침에 게으른 눈을 비비며 밖으로 나가 보면 그 아이는 벌써 우리 집 부엌문 앞에 와서 우두커니 서 있었다. 그러면 우리 어머니는 꽁보리밥에 시래깃국을 만 국밥 같은 것을 그 아이의 빈 그릇 안에 쏟아 넣어 주었으며, 그러면 또 그 아이는 말없이 그것을 받아 가지고 오던 길로 되돌아갔다.

나는 그 아이가 무서웠다. 소녀는 입을 열어 말을 하는 법이 없었

고, 아무런 표정도 짓지 않았으며, 헌 누더기처럼 더러워서 그 아이가
우리 집을 들락거리는 것조차 싫었다.

그러던 어느 날이었다.

보리 이삭이 토실토실하게 알 배는 사월의 어느 날, 어둑어둑 날이
저물 무렵이었다. 할머니는 내 어린 동생을 업고 집 앞에 서서 먼산바
라기를 하고 계셨다. 나도 그 옆에 서서 그 독버섯처럼 언덕배기에 돋
아난 외딴집을 보았다.

'왼종일 봐도 굴뚝에서 연기가 안 나는구나. 벌써 며칠 짼지 몰라.'
할머니의 한숨 섞인 걱정을 나는 그때 들었다. 듣고 보니 그 아이를 본
지도 벌써 여러 날 째였다.

그리고 그 며칠 뒤 나는 거지 소녀가 죽었다는 소식을 들었다. 모처
럼만에 생기를 찾은 아버지가 읍내에 나가 복어 알을 주워다 먹인 것
이 그만 화근이 되었다고 한다. 진짜 배가 고파서 그랬던지, 아니면 복

어 알이라도 먹고 일찌감치 세상을 그만두고 싶어서 그랬던지, 알지 못할 궁금증이 일기 시작한 것은 훨씬 철이 들고 나서였다.

지금 생각해 보면 그때가 바로 '보릿고개' 였던가 보았다. 묵은 곡식은 다 떨어지고, 기다리던 보리는 아직 여물지 않아, 끼니를 때우기가 어렵던 일 년 중 가장 배고프던 시절. 심봉사의 눈을 뜨게 한 심청이도 어쩌면 그 보릿고개에서나 생겼음직한 소녀 가장 이야기가 아닌가 싶다. 가난을 팔아 효를 샀다고나 할까. 가난 속에서 심청이 이야기를 꽃 피운 건 확실히 옛 사람의 지혜가 아닐 수 없다.

내 유년의 거지 소녀는 그러나 가난한 이야기나마 그 꽃도 피워 보지 못한 채 가 버렸다. 청이처럼 눈먼 아버지를 살려내기는커녕 되레 아버지가 주신 복어 알을 먹고 대신 죽어 갔다. 보리 이삭 패던 사월의 이야기는 그렇게 가 버린 소녀와 함께 고스란히 내 몫으로 남아 있는 것이다.

낡은 우물이 있는 풍경

팔순 노모가 병원에 다녀오신 뒤로 부엌일을 할 수 없게 되었다. 건 망증이 심하여 가스레인지에 불을 켜고도 그냥 잊어버리고 나와 버린 다든지, 바가지 물을 줄줄줄 흘리시며 어디가 부엌이고 어디가 안방인 지를 분별 못한다든지, 도저히 예전의 어머니가 아니시다.

마침내 며느리가 안살림을 도맡아 들어왔다. 그러자 어머니는 이제 부엌에서부터 설 자리를 잃고 말았다. 그러나 어머니는 아직도 눈만 뜨면 부엌부터 찾으신다. 그리고는 싱크대 앞에서 뭔가를 씻어야만 직 성이 풀리고, 쌀바가지를 내다가 손수 가족들을 위해 밥을 지어야만 한다고 생각하신다.

방금도 어머니는 또 부엌에 들어갔다가 하릴없이 쫓겨 나오셨다.

'어머니, 그만 들어가 계세요. 부엌일일랑은 제발 그만 손 놓으시라고요.' 그러자 어머니는 끓어오르는 호흡을 거칠게 몰아쉬며 안방으로 들어가셨다. 평생 지켜 온 부엌 하나를 못 지키고 밀려나다니, 어머니는 어머니 당신이 미워서 그만 치를 떠는 것이다.

오늘도 어머니는 부엌 밖의 주변을 맴맴 돌고 계실 뿐 안으로 들어가지는 못하신다. 마당 한 쪽에 낡은 우물이 있었다. 어머니는 아주 천천히 그 우물 속으로 두레박줄을 드리우신다. 어제 이맘때도 어머니는 이 두레박줄을 우물 속 저 깊숙한 데서 걷어 올리셨다. 붉으죽죽하고 자그마한 피브이시 원통형 두레박. 어머니는 파아란 하늘 조각을 건어 올리듯 그렇게 당신이 손수 드리운 두레박줄을 다시 아주 더 천천히 걷어 올리신다. 그리고 그 무거운 하늘을 한 방울도 흘리지 않게 아주 가만가만 우물가를 걸어 나오더니 그것을 마당가의 확독에다가 쏟아 부으신다. 어머니가 퍼 담아 온 파아란 하늘은 다시 확독 안에 그대로 고스란히 담겨 있었다. 그렇게 확독에서 우물로, 우물에서 다시 확독으로 가고 오는 어머니의 발걸음은 아주 천천히 가만가만 습관적이시다. 어서 이 일을 끝내고는 김장 배추를 다듬어야지, 하는 서두름도 없었다. 아침에 자고 일어났으니까, 그냥 그렇게 습관적으로 토방을 쓸고, 댓돌 위에 신발을 가지런히 놓고, 샘물을 퍼다가 확독 안에 담는 일을 어머니는 반복하실 뿐이다.

버선을 짓다 말고

무엇으로 우리 어머니를 다 말할 수 있을 것인가.

지난 5월 30일, 31일은 마침 전주에서 학회가 열렸다. 그 참에 나는
교동 부모님 곁에 가 머물기로 하고 가는데, 첫날은 학회 참석 차 함께
내려간 임 교수가 작반(作伴)하였다. 햇살 투명한 초록의 여름날 오후,
절집처럼 대문은 열린 채였고, 저 왔어요, 인사하며 안으로 들어서자,
화선지 앞에 아버지의 그 하얗게 붓대 잡고 앉아 계신 꼿꼿한 모습이
늘 푸른 태산목 잎사귀들 새로 풍경처럼 내다보인다.

얼래? 우리 하춘이가 오네! 영산홍 붉게 물들인 화단가에서 어머니
가 먼저 반기시고, 마루 위에 가방을 내려놓으면서 보니 바느질거리며
반짇고리 재봉틀서껀 버선 조각 헝겊들이 너저분하게 널려 있었다. 어

머니는 지금 바느질을 하시겠다고 판을 벌여 놓고, 그러나 마음은 괜히 이팔청춘 소녀가 되어 앞마당을 서성이는 것이다. 지은 버선이라고는 한 켤레도 보이지 않는다. 아버지는 평생을 한복 두루마기에 댓님 버선 차림이셨다. 그 한복 뒷수발을 어머니가 다 해내셨다. 젊었을 때 하시던 습관 그대로 어머니는 지금 그까짓 버선 한 켤레쯤 언제든 못 지으랴 싶어 꺼내 놓으셨겠지만, 올해 연세 여든 다섯, 처음 보는 임 교수는 그런 노모가 그저 감탄, 감탄 또 감탄스러울 뿐이다. 이 나이에 버선을 짓는 노모도 노모려니와, 옛 한옥 마루에 재봉틀을 벗겨 놓고 버선짝이 널려 있는 광경이란 얼마나 실감나는 풍경이던가. 아, 그러나 나는 안다. 우리 어머니는 지금 버선을 지을 수가 없으시다. 마음으로만 열 번도 백 번도 더 버선을 짓고 계실 뿐, 어머니는 지금 버선을 지었는지 못 지었는지조차 기억 못하고, 그렇게 습관처럼 마당을 떠돌고 계실 뿐이다.

손금을 보시고는

　85세 노모와 함께 이마를 맞대고 누워 본다. 어머니가 손길을 이끌어 내 손바닥을 펼치고는 가만히 들여다보신다. "어디? 우리 하춘이 손금 좀 볼 거나." 나는 어머니 하시는 대로 내 손목을 잡혀 드린 채 가만히 있는다. 내 손을 감싸 쥔 어머니의 두 손에서 나는 저리도록 따스한 체온을 받는다. 이미 시간으로는 잴 수 없을 만큼 오랜 동안을 어머니는 그렇게 내 손을 주무르신다. 어머니가 손금을 보실 줄을 알까? 보시고 나면 한 말씀 하실 텐데, 뭐라고 말씀하실까? 좋다고 하실까, 나쁘다고 하실까? 좋으면 몰라도 만약에 어머니 맘에 안 들면 어떡하지? 어머니도 참 걱정되시겠네. 그렇게 철부지 아들은 걱정도 아닌 걱정을 궁금해 하고 있는데, 어머니는 이번에는 당신의 갈퀴손 같은 손

바닥을 펴 들고 또 들여다보신다. "내야 하고 똑같구나." 그럴까? 진
짜 어머니 것 하고 같을까. 나는 가만히 어머니 손목을 잡아 보지만 그
러나 손금조차 펴 보지는 않는다. 아, 세상에는 그렇게 말하는 법도 있
구나, 나는 내 손목을 잡힌 채, 어머니는 당신 손목을 맡긴 채, 그렇게
우리 모자는 오래도록 견뎌 보는 것이다.

출렁이는 물살

　어머니가 자꾸만 어떤 가락을 흥얼거리신다. 다 비워 버린 막막한 머릿속에서 토막으로 살아나는 어떤 기억들이 본능처럼 꿈틀거리는 것을 나는 본다. '범피중류' 한 대목쯤 되는가 본데, 대학 꽤나 나온 자식도 그것을 모르는 판인데 팔십육 세 노모는 잘도 읊조리신다. 딱 한 가닥만 흥청거리다가 후딱 거둬들이고 하시는 말씀. "내가 동네 여자들 중에서는 제일 잘 불렀는디." 그리고는 몰래 아버지 쪽을 슬쩍 가리키며 "그 때는 저 양반이 워낙 못마땅하게 알아서. 시방 생각하면 그럴 것도 없는디, 한 번 저 양반이 싫어한다 싶은 게 그만 일절 닫아 버렸어." 곁에서 못 들은 척하고 앉아 계시던 아버지 하시는 말씀. "안 되야. 장단이고 가락이고 간에 배운 것이 있간디? 무단히 머리는 좋아

서 한 번 들으면 다 윈 게 혼자서 제일 잘하는 줄 알지만.” 그러거나
말거나 귀가 꼭 막힌 어머니는 그 출렁거리고 싶던 옛날이 문득 또 한
차례 출렁거리고 싶은 걸 느끼는 것이다.

어린 보시布施

밤에 현숙이가 다니러 왔다. 제 볼 일 보러 왔다가 가는 길에 잠깐 들렀다고 한다. 모녀가 잠시 손목을 부여잡고 반갑게 인사를 주고받는다. 그러나 현숙이는 곧 남매들 틈에 끼어 이야기꽃을 피우고, 이제 어머니가 하실 일이라고는 온통 집안을 뒤지는 일만 남았다. 우리 현숙이한테 뭘 쥐어 보낼까? 어머니는 검은 비닐 봉다리에 둘둘 만 야쿠르트 몇 개를 내놓는다. 그건 방금 현숙이 제가 어머니 잡수시라고 사 온 것이다. 야쿠르트는 그래서 퇴박을 맞고, 아참! 냉장고 안에 무화과 열매가 몇 알 남았었지. 그러나 그건 아버지 기침에 좋다고 일부러 사람을 시켜서 사 온 것이다. 그러니 현숙이는 굳이 안 가져가도 된다고 손을 내젓고, 어머니는 그래도 갖고 가라고 역정이시다. 어머니는 요

146

즘 봉다리봉다리 남한테 싸 주는 것이 일이다. 누구라도 만일 빈손으로 보냈다가는 큰일 난다. 집에 오시는 손님들뿐만이 아니다. 이제는 손수 싸 들고 이집 저집 시주를 나서기까지 한다. 요즈음 어머니가 봉다리봉다리 싸 들고 다닐 수 있는 활동 범위는 풍남동 큰집, 향교 뒤 외갓집, 서예관 아저씨들, 그리고 이따금씩 번갈아 찾아가는 우리들. 그들을 위해서 어머니는 매일 뭔가를 찾아 집안을 뒤져야 하고, 그것들을 봉다리봉다리 싸야 하고, 그런다고 아버지한테 야단맞고, 그래도 어머니는 들은 시늉도 않고, 안 가져가겠다고 거절하는 사람과 가져가라고 우기는 사람과 그런 관계가 되어 싸우기를 반복하는 일 뿐이다.

남은 날에도

어머니는 어머니 방에서, 아버지는 아버지 방에서, 그렇지만 요즈음은 아버지가 워낙 위독하시니까 어머니는 어머니 방에 누워서도 아버지 방으로 통하는 쪽문을 열어 놓고 주무신다. 방문을 열어 놓고, 아버지가 건너다보이는 저만큼 그 자리에서 어머니는 잠을 주무시는 것이 아니라, 아버지를 지키고 누워 있는 것이다. 언제 잠이 들고 언제 깨어 일어나는지를 분간할 수가 없다. 어스름 새벽 대문 밖에서부터 집안 구석구석까지 손 안 간 데가 없이 쓸고 닦다가 날이 겨우 새면 아버지 방으로 들어와 아버지 주변을 한없이 맴돌다가는 마침내 한 마디 거든다.

"어서 진지 잡숴야지. 그만 일어나. 밥 다 됐고만, 뜨거울 때 잡숴야지, 식으면 밥맛이나 있간디? 어서 일어나 안방으로 가요."

그러기를 조심조심 반복반복 어정어정 그러면서 아침은 열리고 그래도 몸이 무거우신 아버지는 몸을 일으킬 수가 없다.

"자기는 힘 있고 건강한게 아침부터 일어나 돌아댕기고, 그리고도 자기 배고픈게 밥 재촉만 하지만, 아픈 사람은 어떻게 하라고 그 야단이여."

아버지는 마침내 버럭 화를 내시고, 어머니는 그 화가 또 섭섭하시어 한 마디 참지 못한다.

"동찬 씨는 평생 마누라 구박만 하더니, 그나마 마누라 죽어 버린 게 꼼짝도 못허고."

어머니는 맥없는 동찬 씨만 갖고 아침 내내 혼잣말이시다. 듣다 못한 아버지가 또 한 마디.

"그러니 날더러도 그럴 줄 알라고 허는 소리지만, 동찬 씨 그 사람도 제 몸 불편헌게 못 나오지 마누라 생각나서 못 나오간디?”

아버지는 아픈 몸에도 화를 참지 못하여 큰소리치지만, 그러거나 말거나 어머니는 곁에서 아버지 옷을 개고 버선을 챙기고 댓님을 추리고 하기에 혼자 골몰하시다.

황혼에 어리다

어느 일요일이었다. 그 날 나는 시골집에 잠깐 다녀올 일이 있었다. 아침 첫차를 타기 위해 터미널로 나갔는데, 거기서 뜻밖에 고향 친구를 만났고, 그 친구한테서 참 애매한 부탁을 한 건 받았다. 친구는 내 앞에 웬 허름한 노인네 한 분을 소개하면서, 그 할아버지를 시골의 자기 누님네 집까지만 좀 모셔다 달라는 것이다. 전에 자기 아버지가 서울에 와 계실 때 양로원에서 사귄 친구라는데, 어찌나 아버지를 보고 싶어 하는지, 이렇게 아무나 만나면 맡겨 볼 작정으로 모시고 나왔다는 것이다. 별로 반갑지 않은 일이라 더덜믓하며 건너다보니 영감은 통 말이 없고 표정조차 밝아 보이지 않았다.

사소한 말 전갈이나 짐 보따리라면 몰라도 이런 답답한 영감님을 모시고 가라니, 좀 개운치 않기는 했지만 그렇다고 거절할 수도 없는 일이어서 일단 그러기로 하고 물었다.

"자네 어른께서는 지금 시골에 내려가 계신가?"

"자네도 알다시피 나는 아직도 셋방살이 신세가 아닌가. 그나마 이번에 또 전세방을 옮겨야 했다네. 그게 딱했던지, 아버님께서는 부득부득 시골에서 겨울을 나시겠다며, 누님네 집으로 가셨지 뭔가. 부끄럽네."

노인은 귀가 어둡고 말이 어눌한 모양이었다. 다만, 수줍은 듯 아무 말도 하지 않고 우리들의 눈치만을 살피고 있었다.

어쨌든 나는 노인을 모시고 버스 안으로 들어갔다.

시골의 고향 마을까지는 고속버스로 세 시간을 달리고도 또 버스를 갈아타야 한다. 차창 밖으로 헐벗은 늦가을 풍경이 빠른 속도로 지나치는 것을 나는 보았다. 차가 달리기를 시작하자 노인은 안심이 된다는 듯 말없이 고개로만 끄덕거리며 내 앞에 고맙다는 인사를 하였다. 나는 좀 답답한 생각이 들었다.

말이 통하기를 하나, 그렇다고 알아듣기를 하나, 거동조차 불편한 노구를 이끌고 그나마 이 험상궂은 날씨에 과연 얼마나 정다운 친구이 기에 이 멀고도 낯선 길을 찾아 나선단 말인가.

나는 이 노인네가 만나고 싶어 하는 노인, 그러니까 내 친구의 아버 지를 잘 알고 있다. 그 친구는 나와 국민학교 동창이다. 물론 같은 마 을에서 나고 자랐다. 중학교도 같은 학교로 갔다. 그러나 그 친구는 너 무 가난해서 중간에 학업을 포기해야 했다. 그리고는 곧 서울로 올라 왔는데, 어느 자그마한 인쇄소 직공이 된 그는 무척 성실하다. 몇 년 전, 어머니가 돌아가시고, 홀로 시골에 계신 아버지를 모셔 왔는데, 그 동안 이 노인네와 옛 정을 주고받으며 살아 온 모양이었다.

고향 마을에 닿자, 나는 친구의 누님네 집을 먼저 찾아갔다. 친구의 아버지는 거기 계셨다. 두 노인네가 만나는 모습을 사람들이 지켜보고 있었다. 처음엔 똑같이 입을 하— 벌리고 섰더니, 곧 나아가 손을 마주 잡았고, 그리고는 웃는 모습을 짓는가 했더니 이내 어린아이들처럼 눈물을 주룩주룩 흘리는 것이었다.

노인네가 말을 못하니까 미리 적어 온 쪽지를 호주머니에서 꺼냈다. 나는 그것을 친구의 아버지한테 읽어 드렸다.

"…… 죽기 전에 한 번 만나보고 싶었소. 외롭지만 참고 오래오래 사시오. 나는 너무 늙어서 어쩌면 형을 또 못 만나보게 될지도 모르니까요……."

친구의 아버지가 눈물을 씻으면서 노인의 등을 다독거려 주었다.

"나는 괜찮아요. 여기 이렇게 고향이 있지 않소? 고향을 두고도 갈 수 없는 형이 나는 더 안타깝기만 하오."

두 노인은 서로 손목을 부여잡고 떨어질 줄을 몰랐다. 그리움이란 세월이 갈수록 메말라 가는 게 아니라 어쩌면 강물처럼 깊어지는 것인 지도 모른다.

빈 하늘에 눈발이 흩날리기 시작했다.

새아침에 명상한다

한바탕 축제를 치루고 약간 기분 좋게 들떠 있는 판인데, 신문사에서 메일을 보내왔다. 해가 바뀐다고 새해맞이 신년사를 써 달란다. 기자가 쓴 말 그대로를 옮기자면 '갑신년 첫날'을 독자와 함께 열자는 내용이었다. 주책 같지만, 내가 갑신甲申생인데? 기자가 그걸 알고 청탁했을 리가 없으니 나 혼자 웃을 수밖에. 이 해를 여는 마음이 그만큼 즐겁다는 뜻이다.

서옹 스님의 다비식에 갔었다. 나에게 그것은 한판의 축제였고, 그래서 거기 다녀온 기억이 내내 흐뭇하여 혼자서 기분 좋았다. 거긴 왜 갔느냐고 친구들이 물었다. 갔더니 어떻더냐고 묻는 친구들도 있었다. 그러나 내 안에는 그들을 위한 어떤 대답도 준비되어 있지 않았다. 그냥 그때가 마침 세밑이어서 갔던 것 같다. 꽃피는 사월이나 무더운 여름철이었다면 나는 아마 가고 싶지만 훌쩍 떠나지 못했을 것이다. 묵은해를 보내는 마음들이 대개는 그렇게 비슷했을 거라고 생각한다. 별 것도 아닌 일을 가지고 바빠 죽겠다며 발을 동동거리고, 까맣게 잊고 지내던 얼굴들이 떠올라 문득 소식을 묻고 싶고, 그러면 아무데나 서점에 들러 이 책 저 책 서가를 뒤적거리기도 했었다. 그날 다비식을 보러 가는 내 마음이 아마 그랬을 것이다. 해를 보내는 마음이 나를 백양사까지 이끌었다.

서울을 출발할 때는 아직 새벽어둠이었다. 상기도 졸음을 떨치지 못한 차를 몰면서 나는 내 터무니없는 지극 정성에 놀랐다. 무슨 정성살이 뻗쳤기에 이 험한 산길을 찾아 나서는고? 이윽고 동녘이 밝았고, 어둠이 걷히는 만큼씩 내 정신도 맑아졌다. 중간 휴게소에 들러 아침 커피를 마신다. 오늘은 젊은 스님들이 유난히도 많이 눈에 띤다. 스님의 풀 먹은 가사 자락에서 풋풋한 겨울 냄새가 묻어났다. 스님도 다비식에 가십니까? 나는 어느새 함께 가는 기분이 되어 묻는다. 스님이 그렇다고 고개를 끄덕여 준다. 스님은 애도하러 가시는 거예요. 동행하는 아내가 한마디 나를 거든다. 스님 앞에 여행 떠나는 사람처럼 함부로 들뜨지 말라는 뜻이다. 맑디맑은 하늘이었다. 그러나 갈재 터널을 지나자 거기는 이미 눈 세상이 펼쳐 있었다.

　다비식은 눈 내리는 풍경 속에 치러졌다. 백목련 같은 눈발이 터벅터벅 쏟아져 내렸다. 가다가 화사한 벚꽃 터널을 당도한 것 같아 정신차려 보니 한겨울 눈꽃이었다. 노스님이 눈을 쓸며 나와 맞이하던 그 길을 오늘은 좌탈입망 큰스님이 홀로 앉아서 가신다. 잠깐 이승에서나 편히 누워 가시지, 아직도 무슨 두고 가는 인연이 남아 홀로 앉아 가시게 하는가. ‘부처를 만나면 부처를 죽이고, 조사祖師를 만나면 조사를 죽이고, 나한羅漢을 만나면 나한을 죽이고……. 그리하여 나는 비로소

해탈하였노라.' 임제록臨濟錄 한 구절을 문득 머릿속에 외워 본다. 바라는 것이 있거든 먼저 버리라는 뜻일 거라고, 스님께서 닦으신 '임제록 연의'를 떠올리며 나는 내 가난한 해석을 붙여 본다. 욕망의 세계에서 욕망을 버리라니, 나는 앞으로 몇 천 겁 세월을 더 비워야 스님 앞에 가 닿을 수 있을까. 연화대 하늘 높이 뜨거운 불길이 솟아오른다. 머리 숙여 합장하는 소망들을 나는 곁에 서서 지켜본다. 스님, 두고 가시는 사바가 너무 요란합니다. 이번 가시는 길에 함께 쓸어안고 가 주십시오. 나는 어느덧 가시는 스님에게 몹시 기대고 있었다. 다비식은 일단 불길이 당겨지면 그뿐이었다. 불은 이틀이고 사흘이고 이 세상 욕망을 사룰 때까지 계속 타오를 것이다. 이제 그만 나는 스님 곁을 떠난다. 눈 덮인 산사를 빠져나오는 순간 눈발처럼 아내의 거드는 말이 스쳐 지나간다. 아까 그건 좀 심했어요. 혼자 가시기도 힘드실 텐데, 어떻게 그 많은 걸 다 떠맡겨요?

아침이 밝았다고 어제와 오늘이 다르지 않은 것처럼, 해가 바뀌었다고 지난해와 올해가 다를 것이 없겠지만, 그래도 선을 그어 놓고 묵은해보다는 새해를 기다리는 것이 인간의 지혜일 것이다. 날이 밝으면 새로운 갑신년이 열릴 텐데, 새해에는 세상이 온통 큰스님 계시던 자리처럼 환하게 빛났으면 좋겠다.

바다로 나가는 사람들을 보면 그 발걸음이 유난히 성급하다. 혹은 달리고, 혹은 뛰고, 호흡이 거칠고, 그러다가 눈앞에 바다가 펼쳐지면 일단 그 자리에 우뚝 선다. 아, 여기가 바다구나. 그렇게 눈앞에 펼쳐지는 바다를 조망하며 호흡을 가누고는 이제 정식으로 바다를 향해 느린 걸음을 시작한다. 그 동안 세밑을 달려온 사람들 심정이 지금 그럴 것이다. 갑신년 새아침이 환하게 밝았다. 바다처럼 눈앞에 펼쳐지는 새해를 두고 그러나 지금은 잠시 숨고르기를 할 필요가 있다. 그리고 내일을 향해 느린 걸음을 내딛는 것이다.

지금도 먹을 갈고 계실까?

아직도 곁에 살아 계신 것만 같아서, 이렇듯 글로써 아버지를 추억하는 일 같은 것은 먼 훗날에나 생길 줄 알았는데, 그래서 그런지 이번 원고 청탁은 아무래도 너무 빠른 감이 없지 않습니다.

아침에 자리에서 일어나 바깥 날씨를 느낄 때마다, "전주 가서 어머니 아버지 뵈어야 할 텐데⋯⋯." 하다가도 "아차, 두 분 다 돌아가셨지. 정말이네." 하고 허망하던 것이 지난겨울 내내였습니다.

살아생전에는 늘 아침에 눈뜨면 전주에 계신 어머니 아버지가 조바심처럼 떠오르곤 하였습니다. 그러다가도 밖에만 나가면 그만 술 퍼마시고 친구 만나고 그러느라고 아버지한테는 안 가고 바쁜 척만 하는 저는 아주 상습적인 불효였습니다.

그래도 그때는 어머니 아버지가 살아 계셨으니까, 어쩌다가 한 번씩만 가도 너 왜 이제 오냐는 꾸중 한번 하시는 법 없이 언제나 거기 남천교 입구 기와지붕 아래 조용히 화선지를 펼치고 앉아 계셨는데, 정말이지 이제는 그런 게으름조차 부릴래야 부릴 데도 없으니, 이 어리석음을 어찌하면 좋을지 모르겠습니다.

돌아가시던 그 해 겨울 아버지 곁에서 함께 보내던 마지막 시간들을 잊을 수 없습니다. 깊은 밤 미등을 켜 놓고 아버지를 지켜 드리는데, 그 날은 제가 그만 깜빡 잠이 들었던가 봅니다. 퍼뜩 잠이 깨어 허리를 일으켜 보니, 아랫목에 누워 계신 아버지가 어둠 속 허공에다 대고 손가락으로 뭔가를 자꾸만 쓰고 계셨습니다.

"아버지, 잠 안 주무시고 뭐 하세요?"

"응, 이 자가 에려워야."

그 시각에 정신이 좀 맑아져서 그랬던지, 아니면 더욱 혼몽해져서

그랬던지, 어쨌든 아버지는 누워 계신 허공에다 대고 무슨 글자인지를
열심히 쓰고 계셨습니다.

"무슨 자字인데요?"

"응, 달월月 변에 뭐(?)한 자인디, 잘 안 되야서……."

'등'이라고 발음하셨는지 '승'이라고 발음하셨는지, 어쨌든 그 비
슷하게 말씀하시는 것 같은데, 아무래도 잘 알아들을 수는 없었고, 그
러다 그만 정신이 드셨던지 손가락을 내리고 다시 잠이 드셨는데, 그
러니까 그때까지 아버지는 아주 혼몽한 상태에서나마 평소의 습관처
럼 붓놀림을 하고 계셨던가 봅니다.

그렇습니다. 아버지는 지금 극락에 가셔서도 쉬지 않고 붓글씨를
쓰고 계실 겁니다. 저는 지금도 그때 아버지가 어렵다시던 그 한자漢字
가 무슨 자인지, 그래서 그게 무슨 의미를 가지겠는지, 그런 쓰잘 데
없는 일에는 전혀 관심이 없는 사람입니다. 다만, 마지막 가시는 그 시

간까지도 붓을 놓지 못하시던 아버지의 모습과, 그렇다면 그토록 철저하게 아버지의 생애를 지배하던 서예란 무엇인지, 아버지와 붓글씨와의 그 운명적인 관계 앞에 그저 숙연할 따름입니다.

어릴 적 학교 갔다 오면 아버지는 언제나 집안에 홀로 붓글씨를 쓰고 계셨습니다. 어머니는 밭으로 일하러 나가시고, 홀로 텅 빈 집안에 남아 방문을 활짝활짝 열어 젖힌 채 하얀 모습으로 앉아 붓글씨를 쓰고 계시던 김제군 백산면 상정리 역구다리 마을 초가지붕 아래의 우리 아버지. 그 신선도 같은 수묵화 한 폭이 어릴 적부터 지금까지 단 한 가지로 제 뇌리에 새겨진 아버지의 초상입니다. 김제 백산이라면 호남 평야의 한 자락입니다. 곡창 호남의 중심 벌, 이런 시골 농촌에 살자면 아버지 같은 선비도 반 농부 생활을 면할 수는 없었습니다. 씨 뿌리고 거둬들이는 일에서부터 절기 따라 물 대고 품어 내는 일까지, 품앗이꾼 등짐질만 빼고는 안 해 본 농사일이 없으실 정도입니다. 학두루미처럼 하얗게 들판에 서 계신 아버지 모습 또한 대청마루에 앉아 계신 신선도와 함께 제 어린 시절 지울 수 없는 기억 중의 하나입니다.

아버지의 서예는 순전히 생활 속에서 피워 낸 예술입니다. 시골 농촌, 전원의 맑은 자연과 그 속에서 일하는 소박한 농군들의 삶이 아버지의 글씨를 맑고도 올곧게 승화시켰을 거라고 생각합니다. 아버지의 서예는 각박한 도시에서 경쟁적으로 키워 낸 웃자란 가화가 아닙니다. 웃자란 꽃잎일수록 풍성하고 울긋불긋 요란해 뵙니다마는 향기가 메마릅니다. 아버지의 서예에 향기가 나고 꿀벌이 잉잉거리는 소리가 들리는 것은, 그것이 바로 시골 농촌에서 절기를 따라 천천히 오래오래 시간을 두고 영글었기 때문일 것입니다.

1965년에 저는 군대에 갔습니다. 그리고 3년 뒤인 1968년 여름에 제대하고 돌아왔습니다. 그 사이에 우리 집은 뜻 깊은 변화가 생겨 있었습니다. 김제 백산 시골 농가에 사시던 아버지가 전주로 나오신 것입니다. 그러나 전주에서 뵙는 아버지라고 김제에서 뵙던 모습이나 별로 다를 것은 없었습니다. 전주시 교동 2가 196번지, 남천교 들머리 그 한옥 기와지붕 아래, 김제 집처럼 앞마루가 있고, 툇마루가 있고, 그리고 방문을 활짝활짝 열어 잦힌 채 하얗게 앉아 붓글씨를 쓰고 계신 아버지는 그야말로 주위 배경만 조금 바뀌었을 뿐 내 어린 시절부터 뵙던 붓글씨 쓰는 아버지의 모습 그대로였습니다.

그때부터 9월 1일 복학할 때까지 석 달 동안 저는 오랜만에 아버지 곁에서 붓글씨를 썼습니다. 원래 저는 아주 어렸을 적에 할아버지한테서 붓글씨를 배운 적이 있습니다. 저뿐만이 아니라, 저의 형제들 모두 할아버지한테서 붓을 잡았습니다. 그러나 곧 할아버지가 돌아가시고, 저는 학교에 다닌다는 핑계로 붓을 놓아 버렸는데, 그때 제대하고 복학할 때까지 시간이 남아서 다시 글씨를 써 본 것입니다. 그즈음 처음으로 연묵회研墨會가 발족되었고, 회원 중에 지금은 왕고참이신 고단

여사님, 김규완, 박원규 선생님 같은 분들이 함께 절차탁마하던 기억이 새롭습니다.

지금 돌이켜 봐도 그때 아버지의 서예 교수법은 서당 훈장님 스타일이 아니었던 것 같습니다. 왜냐 하면, 저 같은 사람이 붓글씨를 배우겠다고 덤볐는데도 손목 한번 잡아 붓길을 인도해 준 적이 없었기 때문입니다. 그냥 곁에서 혼자서 붓놀림을 하다 보면 아버지는 그것을 말없이 지켜보시다가 겨우 하신다는 말씀이 '무던하다' 아니면 '글씨가 힘이 들어가서, 원…….' 정도였습니다. '무던하다' 는 그저 그렇다는 뜻이겠는데, 그렇지만 그 당시 아버지 관점으로는 굉장한 칭찬인 셈이고, '힘이 들어갔다' 는 억지만 썼지 넉넉하지를 못하다는 뜻이어서 따지고 보면 얼굴 붉어질 일이었습니다. 지내고 보면 그게 얼마나 크게 보고, 옳게 자질을 판단하는 일이었는지 모릅니다. 척 써 놓았을 때 전체적인 품새를 보는 일이 중요하지, 그까짓 손목이나 이끌어 주는 서당 훈장님이 되어서야 어찌 대가를 만드는 스승이라 말할 수 있겠습니까. 이유야 어찌 되었든 저는 그 뒤로 붓글씨를 쓰지 않았는데, 그리고 보면 저는 그나마 '힘이 들어갔다' 는 말씀조차 그때 말고는 들어 보지 못한 것 같습니다.

그리고도 제가 서예를 계속하지 않았을 때 아버지는, '왜 그만두느냐, 아니면 더 계속하지 그러냐, 그도 아니면 일찍이 그만두기를 잘했다' 는 식의 말씀을 한번도 하신 적이 없습니다. 그것은 아마 서예가 되고 안 되고가 문제가 아니라, 저 놈이 제 안에서 무엇이 자발적으로 일어나는지 안 일어나는지를 더 주목했기 때문일 것입니다. '기技는 가르치고 배울 수가 있어도 예藝는 스스로 보고 터득해야 하느니라' 는 말씀을 아버지는 자주 하신 기억이 납니다. 그만큼 '예' 를 중요하게 여긴 데서 나온 말씀이라고 생각합니다. 서예書藝에 관한 한, 아버지의 '예藝' 는 서의 기技와, 서의 도道와, 서의 예藝를 다 함섭한 말일 것입니다.

서예는 한 방에 대박이 터지는 현대판 예술과는 다른 고전적인 분야라는 점을 아버지는 늘 명심하셨습니다. 연묵회研墨會라는 이름을 지을 때도 아마 그와 같은 정신이 깊이 반영되었을 것입니다. 학문하는 자세, 그 멀고도 험한 여정이 서예의 길임을 알고, 아버지는 그렇게 실천했으며 또한 후학들이 그렇게 연마해 주기를 바랐던 것입니다.

강암천자문서剛菴千字文書를 쓸 때는 아주 노령이셨습니다. 이 책을 기획하고 마무리한 김영준 씨가 잔뜩 욕심을 부리고 그 드넓은 화선지에 먹줄을 그어 왔을 때, 아버지는 그것을 마다하지 않고 착수하셨습니다. 한석봉처럼, 천자문을 보자 그만 본능적으로 솟구치는 열정을 제어할 수 없었던가 봅니다. 글씨는 한 자리 한 호흡으로 써야 한다면서, 무더운 날씨에도 그 천千 자字나 되는 글자를 한 달음에 써 넘기시던 정열, 그것도 모자라 거푸 또 한 장을 쓰고 나서야 겨우 만족해 하시던 아버지였습니다.

마지막 병석에 누워서도 허공을 향해 붓질을 하시던 아버지는 이제
극락에 가셔서도 이승에서처럼 먹을 갈고 계실 것입니다.

사라져가는 열망을 위하여

'아, 임은 갔습니다.'

세월의 깊이를 재고 싶을 때, 그리하여 문득 내가 얼마나 황폐해졌는가를 묻고 싶을 때, 우리는 옛 시집을 꺼내 읽는다. 그 좋던 시편들이 어쩌면 이다지도 촌스럽기만 할까.

변한 건 노래가 아니다. 아, 임은 갔습니다, 는 정녕 어제 읽던 시 그대로인데, 오늘 그것이 읽히지 않는 까닭은 우리들 감정이 피폐한 탓이다. 좋은 글은 그래서, 바래져 가는 인생의 빛깔을 검증하는 리트머스 시험지 같은 것이다.

그뿐이 아니다. 나폴레옹을 꾸짖었다는 이유만으로도 그냥 디오게네스가 좋던 소년 시절, 모가지가 길어서 슬픈 짐승이여, 는 모딜리아니 때문에 더 슬프고, 그래선지 어느 해 가을은 내내 은행잎이라도 따 모을 수밖에 없었던 기억을 우리는 갖고 있지 않던가. 이제 그것들은 모두 오늘의 나를 검증케 하는 리트머스 시험지가 되었다.

실험 결과, 당신은 어른. 시를 읽어도 당신은 동요되지 않고, 모딜리아니를 보아도 생각이 우러나지 않고, 자장면을 먹어도 어릴 때 맛이 아니고, 맛있는 과일을 먹어도 그것은 다만 값비싼 상품일 뿐이다.

광화문 지하도에서 복권을 사고 계신 옛 은사님의 뒷모습은 나를 당황케 한다. 그는 시인이었고, 우리 국어 선생님이었다. 나는 그가 좋았다. 그가 시인이고, 나의 국어 선생님이어서가 아니라, 이유 없이 그는 내 앞에서 완벽한 선망이었다. 할 수만 있다면, 나도 선생님처럼 닮고 싶은 소망을 꽤 간절하게 품었던 기억이 난다. 그렇게 되기 위해서 내가 구체적으로 무슨 일을 어떻게 했던지는 별 기억이 없다. 다만, 시를 열심히 읽고, 어서 국어 시간이 다가오기를 기다리는 정도였을 것이다.

그리고는 상당한 세월이 흘렀다. 그도 정년퇴직을 해서 이제는 노인이 되었다는 소식을 바람결에 들었고, 나는 나대로 어설프게나마 옛날의 그 은사님처럼 교단에서, 문단에서 그 비슷한 흉내를 내고 있지 않은가.

그만한 세월 뒤에 나는 다만 뒷모습으로나마 어느 날 광화문 지하도에서 그를 발견한 것이다. 그는 복권을 사고 있었고, 나는 몇 발짝 떨어진 그의 등 뒤에서 주춤거렸다.

그뿐이다. 먼빛으로나마 먼저 그를 발견한 쪽도 나요, 그를 피해 달아난 쪽도 나다. 정확히, 그 장면은 한 장의 사진처럼 내 가슴에 박혀 지워지지 않는다. 복권을 사던 우리 선생님의 뒷모습이 아니라, 그가 민망해 할까 봐, 내 쪽에서 오히려 자리를 비켜 주던 바로 그 장면이다.

복권 사는 일 말고, 그때 그가 무슨 그럴 듯한 일을 했더라면 내가
달려가 인사를 했을까. 변한 쪽은 우리 선생님이 아니라, 나 자신이었
다. 사람은 누구나 복권 한 장쯤 살 수도 있고, 사지 않을 수도 있다.
그러나 그가 복권을 한 장 샀다고 해서, 전에 우러러 뵈던 값이 뚝 떨
어지다니, 그건 저쪽 선생님의 탓이 아니라, 오로지 내 탓이다.

나이를 먹으면서 세상을 바라보는 데 복권 같은 장애물을 설치하는
짓 따위는 사라져야 한다. 장애물에 가려 우상이 없어졌다. 우상은 막
연한 선망이다. 선생님이 그저 선생님으로만 존경스럽던 그 막연한 선
망이라도, 그것을 품을 수 있을 때는 좋은 것이다. 호기심과 선망이 사
라진 세대는 흡사 성장을 멈춘 식물처럼 삭막하다.

아, 임은 갔습니다.

그 때의 심정을 옛 시인은 이렇게 노래했는지 모른다. 임은 그가 바
라던 선망과 호기심의 전부였다. 누군가는 그것을 빼앗긴 조국이라 일

컽고, 누군가는 또 그것을 신앙의 절대자라 믿고, 또 누군가는 그것을 진짜 사랑하는 연인이라 말하지만, 그건 아무래도 좋다. 사랑과 신앙과 조국과, 또 그 밖의 모든 것, 그 모든 것에 대하여 우리는 막연하게나마 맹목적인 열정을 바치던 시절이 있었다. 맹목적일 만큼 치열한 열정은 그 자체로 목적이 없어서 소중한 법이다. 다시 옛 시인은 노래한다.

'아아 임은 갔지마는 나는 임을 보내지 아니하였습니다.'

그것은 열정이다. 사랑도, 신앙도, 조국도, 또 그밖의 모든 것까지도 한때는 내 우주 안에 담고 싶던 바로 그것들이, 이제는 다만 식어가는 잿더미처럼 담담한 대상일 때, 문득 그는 깨닫는다. 차라리 임은 변할지언정 내 어찌 변할 수 있겠는가. '임의 침묵'은 침묵하는 임을 일깨우는 내 열정의 소산이다.

지금은 침묵하는 임을 다시 내 가슴 속에 일깨울 때다. 그 임은 무엇이래도 좋다. 설령, 그것이 좀 작고 시시하면 어떤가. 그것을 향해 쏟아 부을 자기 열정이 살아 있기만 하면 그만이다.

내 친구 중의 한 사람은 걱정거리가 하나 있다. 중학교에 다니는 자기 딸이 '소방차' 왼쪽 남자를 너무 좋아한다는 것이다. 열광하는 정도가 지나쳐서 아마 아버지가 생각하는 쪽과는 반대로 학교 공부에 방해가 되는 모양이다.

처음에 이 말을 들었을 때, 나는 소방차 왼쪽 아이란 말을 이해할 수 없어서 별로 심각하지 않았다. 그러나 우리나라 대중 가수 중에 '소방차'라는 삼인조 그룹이 있다는 걸 알고, 나는 갑자기 심각해졌다.

'그만한 가수조차 모를 만큼 내 생활이 한쪽으로 치우쳐 있었구나.'

그러자 그 순간 내 친구의 어린 딸이 문득 예뻐지는 것을 느꼈다. 나는 내 친구의 딸을 본 적이 없다. 그러나 보지 않고도 그 소녀가 무엇엔가 화끈 달아 있을 생각을 하자 괜히 내 가슴조차 떨렸다. 내 친구한테는 대단히 미안한 말이지만, 나는 그 소녀가 쉽게 그 열망을 포기하지 말았으면 좋겠다.

열망은 순수한 것이다. 하필이면 그 소녀는 자신의 아버지가 바라는 열망을 가지지 않아서 안타까울 뿐이지, 그 소녀에게 열망이란 얼마나 순수하고도 소중한가.

열망은 어차피 시간이 지나면 식어지기 마련이다. 옛 시인의 말마따나, 이별은 쓸데없는 눈물의 원천을 만들고 마는 것이지만, 그래도 걷잡을 수 없는 슬픔의 힘을 옮겨서 희망의 정수리에 들어부어야 하는 것이 우리들의 할 일 아니겠는가.

축제의 1월

누가 1월은 여는가?

동지의 낮고 칙칙한 하늘을 보며 이 글을 쓴다. 아직은 섣달 한 달이 남았지만 서둘러 1월을 열자는 것이다. 12월에 12월의 글을 쓰는 사람은 없다. 글 쓰는 일도 농사짓는 일과 같아서, 섣달에 뿌린 씨는 섣달에 못 거둔다. 미리미리 뿌려야 한다.

지금 이 순간 아내는 집에서 김장김치를 담근다. 1월의 양식을 마련하려는 것이다. 어제는 배추를 다듬느라 온 집안이 어수선하더니, 밤에는 또 무깍두기를 쪼개는지 깊도록 도마질 소리가 났고, 오늘 아침은 또 젓갈 곰는 냄새로 온 집안이 혼곤했다. 동짓달에 담근 김장은 동짓달에 먹지 않는다. 그것은 1월에나 가야 제 맛이 난다.

이 순간 학교는 온통 대학 입시 원서를 제출하고 접수하느라고 야단법석이다.

그 또한 따지고 보면 이 달을 위한 행사는 아니다. 지금은 다만 숨막히도록 초조한 기다림이 있을 뿐, 정작 합격의 축제가 벌어지는 건 1월이다. 1월의 축제를 향해 달려온 길이 그 동안 얼마나 멀고도 험했던가. 이제 그들은 먼 길 여행을 가던 중 열차를 갈아타기 위해 줄지어 선 플랫폼 위의 나그네일 뿐이다. 그 때의 긴장과 설렘을 나는 지금 그들의 얼굴에서 읽는다.

지금은 또한 젊은 예술가들이 밤 새워 신춘문예 작품을 만드는 계절이기도 하다. 밤을 지새우는 젊음들에게 등용문이란 얼마나 화려하고도 장엄한 성벽이던가. 이 계절에 야망을 불태우는 젊은이들은 그러나, 지금 섣불리 거리에 나타나지 않는다. 그들은 지금 모두 어둠 속에 숨어 있으며, 그 어둠 속에서 다만 꿈틀거릴 뿐이다. 예술과 인생과 사랑과, 꿈과 시대와 낭만과, 그리고 청춘과, 그것들은 마침내 1월 1일 새아침에나 빛을 본다.

새로 시작되는 1월은 그래서 누가 뭐래도 축제의 달이다. 그리고 그 축제의 마당을 우리는 1월이 오기 전에 이미 오래 전부터 준비해 두었던 것이다. 준비 없이 손님을 맞는 잔칫상은 엉성하다. 그러나 오래오래 정성을 다해 마련한 잔칫상은 풍요롭기 그지없다. 신춘 음악제나 신년 특집 대공연을 관람한 적이 있는가. 그 화려한 무대와 선율은 어느 날 1월의 아침에 느닷없이 이루어지지 않는다. 그것은 오래오래 시간을 두고 동지섣달부터 아니다, 봄부터 여름부터 농부가 씨 뿌리고 김을 매듯 땀 흘려 갈고 닦은 수확인 것을 우리는 알아야 한다.

화려한 축제의 뒤쪽 보이지 않는 곳에는 그 축제를 마련하기까지의 긴 시간과 숨은 노력이 있다. 그리하여 마침내 잔칫상이 벌어졌을 때, 나는 다만 무대 저쪽에서 잔칫상을 마련하는 사람이고 싶을 뿐, 그 앞에서 축배를 드는 손님이고 싶지 않다. 관객 앞에서는 좋은 연주자이고 싶고, 식탁 앞에 앉은 손님한테는 다만 정성스런 요리사이고 싶을 뿐이다. 지금 1월을 맞는 심정이 그렇다. 지금 동지섣달을 보내는 마음이 그러하다.

그래선지, 해를 보내고 또 한 해를 맞는 마음은 유별나다. 동지섣달의 그「세한도」 같은 풍경들을 한 번이라도 눈여겨 본 적이 있는가. 헐벗은 나뭇가지와 오막살이 집 한 채. 추사秋史의「세한도」를 가만 들여다보고 있자면, 그 안에 그 그림을 그린 주인의 숨결 같은 것이 배어 있는 것을 느낀다. 원망이랄까, 외로움이랄까, 그러나 그것은 어쩌면 유배자의 한숨으로 그린 칼날 같은 정신인지도 모른다. 저무는 동지섣달의 풍경을 보는 마음이 그러하다.

겨울은 그렇게 자연을 완전히 헐벗겨 놓고 나서 다시 새봄을 맞고 싶어 한다.

「세한도」 속의 추사처럼, 홀로 그 풍경 속에 서 본 적이 있다. 계곡을 타고 내려오는 오솔길이 유난히 좁았다. 메마른 떡갈나무 잎새들이 종이비행기처럼 빈 하늘을 날고 있었다. 산등성이를 넘어온 늦바람이 한 차례씩 계곡의 바닥을 핥고 지나갔고, 헐벗은 나무의 자디잔 가지들이 섬세하게 얼크러져 있어서 산 전체의 모습이 마치 궂은비에 젖어 있는 것처럼 부옇게 떠 있었다. 내가 본 겨울의 맨 밑바닥 풍경은 그랬다. 그게 한 해를 마감하는 계절의 끝이었고, 다시 1월을 맞기까지의 여백이었다.

새해 첫날 아침, 다시 그「세한도」 같은 풍경 속을 찾았을 때 느낌은 새롭게 달랐다. 씨알 굵은 눈발이 훗훗하게 대지 위를 내려 덮고 있었다. 눈발은 허공에서 세차게 일렁거리다가도 일단 지상에 닿기만 하면 수줍은 짐승처럼 하얗게 몸뚱이를 도사리고 평온한 호흡을 가누기 시작했다. 돌층계의 안쪽 모서리나 바위산의 후미진 부분, 그리고 헐벗은 진달래 숲의 그루터기 같은 데만 아직 검은 상처의 딱정벌레처럼 젖어 있을 뿐, 이제 대지는 온통 부활하는 몸짓으로 한껏 부풀어 있었다.

그 대지 위에 아침 햇살이 빛난다. 1월의 햇살은 유난히 투명하다. 햇살이 내린 등성이의 떡갈나무 산자락에 까치가 날고, 아직 그것이 닿지 않은 응달에서도 계곡을 흐르는 물소리가 새롭게 들렸다. 아직은 헐벗은 가지의 끝 간 데를 바라보니 하늘은 멀리 달아나서 아예 없는 거나 마찬가지였다. 동지섣달의 하늘은 가깝고 두텁다. 그러나 새해 1월의 하늘은 멀고 투명하다. 하늘의 높낮이는 희망의 거리와 비례한다. 낮고 칙칙한 하늘은 우리들 절망의 그림자요, 높고 투명한 하늘은 우리들 희망의 호흡이다.

멀리 풍경 속에 인가人家가 보인다. 「세한도」의 오두막집처럼, 사람 사는 집이 반갑다. 길을 따라 풍경 속을 걸어 내려가 본다. 모락모락

굴뚝에서는 아침 연기가 피어오르고, 채전 밭 울타리 어디쯤에선가는 벌써부터 찌개 끓는 냄새가 입맛을 돋운다. 눈 속에 사람 사는 집이 있고, 사람 사는 집 어디고 햇살이 비친다.

1월은 그렇게 열린다.

어제 뒤에 오늘이 있고, 오늘 뒤에 또 내일이 오듯, 1월은 다만 그렇게 날이 바뀌고 달이 바뀌는 일상의 나날이 아니다. 맺힌 멍울이 벙그러지듯, 1월은 그렇게 새로 피어나는 꽃송이다. 갓 피어난 꽃 한 송이를 보며, 그 동안 멍울진 세월의 깊이를 잴 수 있겠는가. 1월은 그렇게 동지섣달의 낮고 칙칙한 하늘로부터 열린다.

마침내 축제요, 잔치가 벌어지려는 것이다.